KB096287

이제 책 좀 읽을까요?

이제 책 좀 읽을까요?

발   행 | 2022년 10월 31일
저   자 | 모고 빈센트 별이 산새 지니 나무
펴낸이 | 한건희
펴낸곳 | 주식회사 부크크
출판사등록 | 2014.07.15.(제2014-16호)
주   소 | 서울특별시 금천구 가산디지털1로 119 SK트윈타워 A동 305호
전   화 | 1670-8316
이메일 | info@bookk.co.kr

ISBN | 979-11-372-9852-1

www.bookk.co.kr

이제 책 좀 읽을까요?

모고 빈센트 별이 산새 지니 나무

들어가는 말

우아한 예술과 진지한 철학의 세계를
유쾌하게 안내해 주는 **모고**

사과나무의 시작이면서
언제나 마음을 다해 책을 읽는 **빈센트**

촌철살인의 명징한 한 마디로
책들 사이를 빛나게 해주는 **별이**

아름다운 책을 사랑하는 책 수집가 **산새**

자기만의 방과 해방의 창구로
누구보다 최선을 다하는 **지니**

끝으로 아낌없이 주는 나무가 되고 싶다는 **나무**

이 책은 우리의 첫 책입니다.
첫 자가 들어가는 말은 설렘을 가집니다.

첫날, 첫인사, 첫사랑, 첫눈 같은 반가운 기분 좋은 떨림으
로 기억됩니다.

이제 우리의 첫 이야기를 시작합니다.
우리와 첫걸음을 함께해줘 고맙습니다.

2022 년
책 읽기 좋은 날에

차례

#02 빈센트 _ 독서는 나의 버팀목

#03 별이 _ 운명의 책 모임

#04   산새 _ 책 모임은 온전히 나만을 위한 것

#05 지니 _ 나를 위한 시간

#06 나무 _ 책을 함께 읽습니다

#01

#모고

#이제 책 좀 읽을까요?

쓸데없는 이야기가 하고 싶다

진로, 생계, 돈, 건강, 가사, 육아, 공부 등 산적한 일들을 잠시 미뤄놓고, 아무짝에도 쓸모없는, 이른바 세상 쓸데없는 이야기를 하고 싶었다.

복잡한 일들은 머리 한구석에 치워놓고, 가방에 책 한 권 챙겨서, 함께 읽기를 위해 우리들의 장소에 모여 이들과 웃고 울며 읽다 보니 어느새 이렇게 시간이 지났다.

함께 책을 읽고 싶다는 것은 거창한 핑계다. 그저 그럴듯해 보이는 수다를 떨고 싶을 뿐이다. 작품의 줄거리를 요약하고 등장인물의 성격을 파악하고 이런 것들은 그저 하고 싶은 이야기를 끌어내는 미끼에 불과하다.

모임의 시작은 단순했다. 혼자 읽기 두꺼운 책을 나눠서 낭독해보자는 단순한 취지였다. 조촐하게 모여 한 장씩 읽다가 삼천포로 빠지기 일쑤였지만, 도서관에서 혹은 카페

한구석에서 사계절 내내 열심히도 읽었다.

아침부터 가방을 챙기며 마음이 급하다. 문을 열고 들어서니 이제는 익숙한 얼굴들과 마주 앉는다. 간단히 인사와 근황을 나누고 오늘의 페이지를 읽는다.

"자, 이제 책 좀 읽을까요."

추억 보관함

하루의 일과는 다람쥐 쳇바퀴 돌 듯 단순하다.

동선이라고 해봐야 집, 직장, 마트 정도인 일상이다. 그나마 느낄 수 있는 변화라고는 거리풍경, 날씨, 옷차림 정도이다. 그중에서 가장 피부로 체감하는 변화는 도서관으로 가는 길목이다.

신간 예약 도서를 찾으러 가거나, 책 모임 참석을 위해 가거나, 약속 장소로 정해놓고 가거나, 단순한 생활 반경에서 도서관은 어느새 슬그머니 생활 반경의 중심부에 한 자리 차지하고 있다.

펜데믹이 한창일 때 잠정적 운영 중단의 팻말을 보고 적잖이 당황했었다. 자유롭게 드나들던 곳의 빗장을 보는 것은 생각보다 여파가 컸다.

도서관 2층 동아리방에 도착해서 잔잔한 음악을 틀고 있으면, 누군가 주섬주섬 가방에서 주전부리를 꺼내놓는다. 영상 자료를 보다 여행 욕구가 솟아나 나들이 계획을 세우며 까르르 웃다가 올라오는 허기에 모임을 서둘러 마무리한다.

　이런 사소한 추억들을 모두 그곳에 두었다. 거기에는 책들만이 아니라, 우리의 매 순간이 책갈피 사이사이에 있다.

카페에서 책 읽기

집에서 마시는 커피가 지겨워질 때가 있다.

누가 뭐래도 가장 맛있는 커피는 남이 만들어 주는 커피 아닌가. 차가운 공기가 외출을 망설이게 하지만, 카페에서 마시는 커피 한잔의 유혹이 이겼다.

발걸음이 이끄는 대로 익숙한 길을 따라가다가 잠깐 멈칫했다. '공사 중'이라는 표시판이 보였다. 새로운 카페의 오픈 준비로 어수선한 모습이었다. 동네 터줏대감처럼 한 자리를 오래 지키던 카페였는데 말이다.

커다란 통창으로 들어오는 햇빛을 받으며 커피 향이 모락모락 올라오는 커피를 앞에 두고 책 속의 문장들을 하나하나 끄집어내며 읽었던 곳이었다. 무엇보다 그곳은 오프라인 책 모임을 자주 하던 자리였다.

매번 일찍 와서 책을 읽는 이를 찾아 반갑게 인사하던 기억. 같이 읽는 모습이 좋아서 사진 한 장 찍었는데 잘 나와서 기뻐했던 일. 테이블 위에 펼쳐놓은 책 속 아름다운 사진들.

　함께 모여 책을 빌미로 나눈 이야기들로 공간을 채웠다. 카페의 새 간판을 멀끔히 바라보았다. 어깨의 가방 속 책의 무게가 느껴진다. 깔끔하게 색칠한 카페에서 따뜻한 커피 한 모금 마시고, 새 책의 첫 장을 읽는다.

자리 찾기

인간은 사회적 동물이라는 아리스토텔레스의 말을 인용하지 않더라도, 우리네 삶은 스파이더맨의 손에서 나오는 거미줄 마냥 계속 무언가를 연결하며 관계를 맺는다.

여러 이름으로 불리는 관계들 속에 유독 마음에 두는 단어가 있다. '자매'-여자끼리의 동기(同氣). 언니와 여동생 사이로 같은 계통에 속하여 밀접한 관계에 있거나 서로 친선 관계에 있음을 이르는 말. 여자 교우를 이르는 말.

혈연으로 맺힌 관계에서는 쓸 일이 없는 명칭이나, 사회적 관계에서는 이름보다 많이 쓰는 호칭이다. 머나먼 타국에서 망망대해 무인도에 홀로 남겨진 것 같은 막막함을 견딜 수 있었던 것은 현지어 수업에서 만난 언니들의 모임이었다.

언니라고 부르기도 어색한, 막내 이모뻘 되는 언니들은

자리 하나 찾지 못하는 어설픈 모습에서 측은지심이라도 느꼈는지 여러모로 챙김을 받았다. 돌이켜보니 그들의 나이가 현재 내 나이쯤이다. 귀국하면서 뒤도 돌아보지 않을 정도로 아쉬운 것이 없었지만, 그 언니들과의 인연이 정리된 것은 지금도 미련이 남는다.

연고도 없는 지역에 자리를 잡고 정신없이 시간을 버티다가, 문득 주변을 둘러보니 어디고 끼어들 틈이 없었다. 그런 순간에 흔쾌히 자리 하나를 내준 곳이 책 모임이다.

아무것도 묻지 않고 책을 읽자는 취지 하나로 모인 자리가 어찌나 든든한 울타리가 되어 주었는지 꽤 오랜 시간이 지난 지금에서야 체감하고 있다. 여기에서 만나 몇 번의 사계절을 보내다 보니, 각자의 모습에서 그간의 시간을 볼 수 있다. 가볍고 즉흥적인 마음으로 시작한 것이 이토록 오래 관계를 유지하고 있을 것이라 상상이나 했을까. 이래서 인생은 예측불허다.

이 인연을 오래 유지하고 싶지만, 모든 관계에는 끝이 있다. 부디 기한이 다하는 날까지 서로에게 좋은 자극이 되길 바랄 뿐이다.

피곤하고 재미있는 책 모임

"그럼, 친하겠네요."

10년째 독서동아리 활동한다고 하면, 대뜸 나오는 말이다. 친하게 지내겠다. 서로 잘 알겠다. 대부분 이런 반응이다. 그럴 때마다 어떻게 말을 해야 할지 난감하다. 모임의 취지나 성격을 이야기하자니 거창해지고, 그렇다고 덥석 친하다고 하자니, 차마 그 말이 입에서 나오질 않는다.

함께 책을 읽는 이들의 얼굴을 하나하나 떠올려 본다. 이들을 다른 사석에서 만났다면 이렇게 오래 볼 수 있었을까. 모르긴 몰라도 이름도 모른 채 지나쳤겠지. 취향, 성격, 나이, 거주지 뭐 하나 공통점이 없다. 달라도 이렇게 다를 수가 있을까. 이런 이들이 책 좀 읽어 보자고 모여있다.

보기에는 별것 아닌데, 꾸준히 한다는 건 생각보다 만만치 않다. 구속력이 있는 것도 아니고, 돈을 벌 수 있는 것도 아니다. 그저 책을 읽자, 그 하나만으로 시간을 함께 나누고 있다. 같이 읽는 것이 뭐길래, 우리는 시간과 에너지를 함께 하는 걸까.

책을 좋아한다고는 해도, 모든 것들을 즐겨 읽지는 않는다. 보다가 집어 던지고 싶기도 하고, 시간에 쫓겨서 읽기도 하고, 까만 것은 글씨요, 하얀 것은 종이로구나 하면서 책장만 넘길 때도 있다.

그러다가도 일주일에 한 번, 그 시간이 돌아오면 어김없이 함께 읽는다. 책이 좋았다가 싫었다가 지겹다가 하듯이 여기도 그러하다. 귀찮다가 시들하다가 다시 읽는다. 가까워지려고 일부러 노력하지 않고, 책을 사이에 두고 적당히 거리를 두는 이들과 함께 읽을 뿐이다. 책 모임을 왜 이렇게 오래 하냐고 묻는다면 대답은 하나다.

"일단 시작해보라."

사과나무의 '모고'입니다

　　이른바 부캐의 시대이다. 본명 이외의 다른 이름과 설정으로 활동하는 것이 어색하지 않다. 주민등록상의 이름이 아닌 다른 호칭으로 불린다는 것은 연예인들에게만 허용되는 것인 줄 알았는데, 책 모임에서는 '모고'로 불리는 것이 익숙하다.

　'모고'는 모래 고양이의 줄임말이다. 야생 고양이 중에 가장 작은 종류에 속하며, 사막이나 암석으로 이루어진 평원 등에 서식하며, 사막에서도 빠르게 달릴 수 있다. 청각이 매우 발달해 아주 미세한 소리까지도 감지할 수 있고, 작은 파충류나 설치류를 잡아먹으며 사막에는 물이 거의 없으므로 수분은 사냥으로 얻는다.

　작은 야생 고양이가 척박한 환경의 포식자라는 것이 눈에 들어 별칭으로 삼았다. 아주 미세한 소리까지 감지할 수 있다는 것이 세상의 소리에 귀를 기울이고자 하는 취향에도 적당히 맞는다. '모고'라는 발음이 사투리 '뭐꼬?'와 비슷하게 들리기도 하고 말이다.

책 모임 명을 지을 때 별다른 고민을 하지 않았다. 카페에서 커피를 홀짝이다가 전화 한 통 걸어서 '나무'에게 이름 좀 만들어달라고 했다. 그래서 나온 이름이 '사과나무'다.

이브의 사과, 스피노자의 사과, 그리고 스티스 잡스의 사과. 인류의 역사 안에서 선악과, 희망, 지혜, 혁신의 상징으로 표현되는 사과가 주렁주렁 열리는 사과나무가 되기를 바람으로 지었다고 한다. 내일 지구의 멸망이 오더라도 한 그루의 사과나무를 심겠다는 거창한 포부가 아니더라도 사과는 맛있으니까 그거 좋은데 라며 즉석에서 OK 했다. 좋은 게 좋은 거니까.

무심코 심은 나무에 하나씩 작은 열매가 열리고 있다. 팟캐스트 '책 읽는 사과', 글쓰기 모임 '책 먹는 사과'로 정성을 기울이고 있다. 이렇게 하나씩 키우다 보면 농장이 될지 누가 알겠는가. 희망과 포부는 일단 크게 가져보고 볼 일이다.

취향 공유

개성에 따라 사람마다 여가를 즐기는 방법이 다양하다. 나의 경우는 새로운 장소, 이색 요리처럼 낯선 것들에 대한 호기심은 전시회를 핑계 삼아 경험해 본다. 가족들과 다니는 전시회도 즐겁지만, 취향이 비슷한 이들과 같이 다니는 전시회는 남다르다. 저마다 다른 취향을 경험하는 재미가 쏠쏠하다.

가기 전날 설레는 마음으로 잠을 설치고, 염불보다 잿밥이라고 전시회장 주변의 맛집부터 검색한다. 길을 수월하게 찾기 위해 지도 앱을 켜고, 전시를 즐기기 위해 자료를 꼼꼼히 찾는다.

누가 시키지도 않았는데 각자의 역할이 있다는 듯 움직이는 것이 재미를 증감시킨다. 전시회를 둘러본 후 근처 카페에 앉아 커피 향을 맡으며 아마추어들의 느슨한 감상을 늘어놓는다.

요즘같이 바쁜 세상에 일부러 시간을 만들고 날짜를 맞추고 먼 거리를 이동해 전시회를 둘러본다는 것은 생각보다 만만치 않다. 이런 번거로움을 무릅쓰고서라도 새로운 것들을 접하고 나면, 버거운 일상을 버텨낼 선물을 받은 기분이다.

다음번 함께 할 나들이는 무엇이 될까.

그날을 위해 새로 장만한 옷을 정돈해 두어야겠다.

함께 보기

　　책 모임에서 나오는 주제 중 약방의 감초처럼 나오는 것이 영화다. 베스트셀러는 영화 제작사의 눈에 띄기 마련이라 영화화 소식을 심심찮게 볼 수 있다.

　종이 위의 활자로 형상화된 이야기와 움직이는 영상은 이란성 쌍둥이다. 같은 유전자에서 태어나 감독의 취향에 따라 또 다른 세계를 볼 수 있다. 원작자의 손에서 떠나 다른 창작자의 감각이 더해진 이야기는 책에서 볼 수 없는 색다른 재미가 있다. 같은 재료 다른 요리를 먹는 맛이다.

　집들이에 모여 케이트 블란쳇의 우아한 매력에 눈뜬 영화 『블루 쟈스민』

　미니어처리스트를 영화화한 박찬욱 감독의 『아가씨』

　도서관 강당을 빌려서 본 『파이 이야기』

출연자들의 열연에 입이 떡 벌어졌던 『달라스 바이어스 클럽』

비틀즈의 음악이 왜 클래식이 되었는지 새삼 느꼈던 『예스터데이』

영화관 앞에서 일행을 기다리며 커다란 팝콘과 콜라를 주문한 후, 표를 받고 좌석을 찾아 앉는다. 상영이 끝난 후 불이 들어오면 등을 쭉 펴며 기지개를 켜고, 일행들과 소소한 평을 나누던 순간들.

이 순간에도 몇백 권씩 새로운 책들이 서점에 진열되고 있다. 그중의 몇몇은 예리한 눈을 가진 이들에게 발견되어 대중 앞에 새로운 모습으로 나타나 우리들의 시선을 붙잡을 것이다.

나만의 기분

예전 같지는 않으나 낯선 곳으로 향하는 욕구는 좀처럼 사라지지 않는다. 푸른 빛의 화면을 통해 보는 이국의 풍경은 이런 마음에 기름을 붓는다. 아는 맛이 무섭다고 여행이 주는 해방감과 자유를 맛본 이들이라면 더욱 그렇다.

소싯적 가벼운 몸으로 유럽의 골목들을 종종거리며 다녔다. 구글맵, 위성 지도 같은 디지털 장비 하나 없이 두꺼운 여행안내서와 지도 한 장 달랑 들고, 말도 통하지 않는 이국의 땅을 무턱대고 쏘다녔다.

온종일 걷다가 녹초가 된 몸으로 숙소로 돌아와 뜨거운 물로 샤워하고, 호텔에서 제공한 샤워가운을 입고, 쿠션 좋은 침대에 비스듬히 누워 차가운 맥주를 홀짝거리며 내일의 목적지를 찾았다.

장거리 여행을 떠나는 이들은 공항으로 가고, 여건이 되지 않으면 기분이라도 내 볼 요량으로 근처의 호텔을 찾는다.

  반찬 냄새가 나지 않는 곳.
  생활에 찌든 내가 묻어나지 않는 곳.
  아무것도 하지 않아도 되는 곳.
  적당히 우아한 척 있어도 되는 곳.

  장거리이든 단거리이든 트렁크에 짐을 챙기는 순간부터 이미 여행은 시작되었다. 단정하게 정돈된 객실에 들어서면, 웰컴 드링크부터 마시고, 창밖 뷰를 확인한 후 편안한 옷차림으로 커다랗고 푹신한 침대에 폴짝 올라, 팔다리를 쭉 펴고 눕는다.

  한참을 그러고 있다가 얼핏 눈에 들어온 가방에서 주섬주섬 책 한 권을 찾는다. 평소 좋아하던 책, 좀처럼 눈에 들어오지 않는 두꺼운 책, 선물 받은 책, 만화책, 무엇이든 좋다. 침대 머리에 푹신한 베개를 세워 등을 기대고 책을 집는다. 여기에 있는 기분을 만끽하면서.

매일의 성공

'성공' 이 단어를 하얀 백지에 옮기기까지 적잖이 망설였다. 경험해 보지 못한 것을 쓸 용기가 없어서였다. 지난 시간을 돌이켜보니 '성공'이라는 것은 아마도 앞으로도 만날 일 없는 환상 속 유니콘 같은 것이었다.

아날로그 인류는 성장=성공이라고 배웠다. 노력하면 저 높은 곳의 열매를 따 먹을 수 있을 거라고, 그러니 이 악물고 피를 철철 흘려도 버티라고, 그러면 성공의 결실을 맛볼 수 있다고.

머리에 흰머리가 올라오는 지금에서야 그저 씁쓸히 웃는다. 그런 노력을 할 엄두도 못 냈을뿐더러 보석처럼 빛나는 성공은 구경도 하지 못했다. 99.9%의 좌절 속에서 0.1%의 로또 같은 어설픈 희망으로 하루를 버티는 자에게 '성공'은 저 멀리 하늘의 별처럼 존재하나 실감할 수 없는 무엇인가다. 성장=성공이라고 착각하면서 보는 현실은 만만치 않다. 노력하면 결실을 봐야 하는데 세상이 그리 호락호락한가.

"그런데 말입니다."

성공의 눈높이를 멋대로 끌어내려 본다면 어떨까.

알람 소리 없이 저절로 떠지는 두 눈. 사랑하는 가족들에게 아침 인사. 따뜻한 물 한 잔 마시고 개운한 볼 일. 소박하나 빼먹지 않는 아침 식탁. 모닝커피를 마시며 함께하는 책 읽기. 활짝 연 창문 사이로 들어오는 오후 햇살의 시간. 가족들의 귀가를 기다리며 준비하는 저녁. 따뜻한 물로 샤워 후 개운한 몸으로 하루를 마무리.

일상이 아무리 힘들어도 슬럼프가 와도, 고난과 역경이 해일처럼 밀어닥쳐도 제시간에 일어나 기지개를 켜고, 삼시 세끼를 제대로 먹고, 햇살을 쐬고, 짬을 내 책 한 줄 읽다가 가족들과 수다 떨고, 그렇게 일상을 지켜내는 것.

이것이 매일의 성공이다.

흐름에 적응하기

세상이 바뀌고 있다. 그것도 무서운 속도로. 아날로그에서 디지털로 전환되어 가는 중 요즘같이 전광석화처럼 변했던 시기가 있었던가. 전염병의 여파라고는 하지만, 이런 변화에 적응해가는 모습이 생경하다.

달라진 것은 오프라인에서 온라인으로 옮겨진 것일 뿐, 알맹이는 바뀐 게 없다지만, 세상일이 어디 그리 만만한가. 오프라인에서 온라인 모임으로 틀이 바뀌었으니 내용물이 바뀌는 것은 당연하다. 하나를 취하면 나머지를 내놓아야 하는 것처럼.

도서관의 동아리, 카페의 커다란 창으로 느껴지는 날씨의 변화, 일행들의 옷차림, 그날의 커피 한 잔 등, 번거로움을 감수하고 체온을 느끼며 친밀감을 나누던 오프라인은 어느새 기억 저편이 되어버렸다.

책 모임이 이렇게 빠르게 온라인에 적응하리라 생각하지 못했는데, 이제 오프라인은 찾기 힘들다. 특히 대다수의 동아리는 온라인화가 되어버렸다. 이런 흐름에 적응하는 법을 책 모임에서 배우고 있다. 온택트 시대의 사과나무는 바깥 세상을 보여주는 작은 망원경이다.

어느새 계절이 바뀌고 있다. 이 안에서도 변화가 일고 있다. 이것이 어디로 안내할지는 모르겠으나 기꺼이 그 바람을 맞는다.

설렘

　세월과 함께 짊어지고 가는 다양한 선입견이 있다. 가치관과 신념의 수면 밑에 얌전히 숨겨둔 삐죽한 가시처럼 가지고 있는 편견 중 하나가 글쓰기이다.

자기 글 좀 봐달라고 하는 이들을 보면서 환경을 생각했다면 어불성설일까. 팔리지 않고 폐기되는 쓰레기더미들이 하나뿐인 지구에 미칠 영향을 생각했다. 나무에 미안한 책들이 너무 많으니 말이다.

인류 유산이라는 명작들을 다 읽지도 못한 채 허송세월 중인데, 일기장에나 적을 법한 글들이 책으로 출판되어 팔리는 걸 보면서, 세상의 변화를 체감 중이다.

자고로 글쓰기란 '등단'이라는 관문을 통과한 이들에게나 허락된 것 아니었는가. 글을 쓰고 싶다는 것과 글을 쓸 수 있다는 것은 다르다. 그래서 누군가 글쓰기에 관심을 보여도 애써 외면했다.

'제에발, 아무나 쓰지 말자고!'

그런데, 지금의 내 모습은 어떠한가. 하얀 노트북 자판 위에 가지런히 두 손을 올려놓고, 뇌 속을 둥둥 떠다니는 단어들을 그물에 걸린 물고기를 건져내듯 하나하나 끄집어내고 있다. 지구환경 운운하며 아무나 글을 쓰지 말라 했던 거창한 발언이 무색하게 말이다.

일주일에 두 시간 남짓 책 한 권을 사이에 두고 함께 했던 이야기들이 공기 속의 뿌연 먼지처럼 부유하는 것이 아쉬워서 글을 쓴다고 궁색한 변명을 늘어놓는다.

한 권의 책을 사이에 두고 공유했던 경험을 나누는 함께 하는 글쓰기가 새로운 시작을 알리는 신호탄이 되어 설레는 경험을 선물 받는다.

마지막 한 줄을 새겨놓고 저장 버튼을 눌렀다.

텀블러에 담긴 따뜻한 커피가 어느새 식어있다.

작은 바람

새로운 한 주를 음악, 커피 향, 그리고 키워드 소리로 시작하는 것이 어느새 익숙해졌다. '글을 쓰고, 책을 내보자'라고 의기투합한 지 어느새 한 해가 지났다. 이제는 익숙해진 온라인 모임에서 한 명씩 입장 후, 오늘은 무슨 이야기를 쓸려는지 서로의 의중을 묻는다.

공기 중에 떠다니는 먼지를 붙잡듯 실체 없는 단어를 붙잡다 접착제로 붙여서 글을 쓰고 있다. 말이야 쉽지, 이렇게 번거로울 줄이야. 평범한 일상이 최고라고 믿는 이에게 무슨 쓸거리가 있겠는가.

자판을 노려보다가 머리를 쥐어뜯는다. 겉으로야 잔잔한 호수 위를 유유히 떠다니는 백조처럼 보여도 평온하고 안정된 삶을 위해서 수면 밑에서는 발버둥 치고 있다. 들숨에 고뇌, 날숨에 번뇌로 가득한 시간을 살고 있다.

모름지기 '작가'는 세상을 꿰뚫어 보는 통찰력, 수려한 문체, 기막힌 스토리텔링, 번뜩이는 아이디어로 무장한, 펜 한 자루로 칼과 맞설 수 있는 이들 아닌가. 그런데, 요즘 이런 작가의 무게가 은근슬쩍 가벼워진 것 같다. 그런 흐름에 편승하려는 스스로만 봐도 알 수 있다.

　책 모임에서 한 권의 책을 사이에 두고 가볍게 꺼낸 말들 속에는 저마다의 희로애락이 그대로 녹아있다. 차마 꺼내지 못한 이야기들을 기록으로 남겨놓고 싶다는 작은 바람이 여기까지 끌고 왔다.

　오늘도 밤을 지새우며 무언가를 적는다.

　그렇게 쓴 글이 누군가에게 건네는 한 톨의 씨앗이 되었으면 좋겠다는 옅은 기대를 품은 채.

#02

#빈센트

#독서는 나의 버팀목

책과의 만남

그날은 동네에 새로 생긴 도서관 개관식 날이었다. 고3 아들을 앞장세워 수능까지 주말을 도서관 열람실에서 아들을 지키며 보내리라 작정하고 갔다. 엘리베이터 안에 작은 공고란에 독서회 회원모집 공고를 보게 되었다. 그때까진 만해도 내 삶에 너무 많은 부분을 차지하던 자식이 나한테 던진 말 한마디가 내 일상을 바꾸는 계기가 될 줄이야.

"나한테 집중하지 말고 엄마도 이런데 가입해서 엄마 인생을 사세요!"

뭔가 해머로 맞은 기분이 들면서 나의 집착이 아이를 힘들게 했다는 생각이 들었다. 내가 아이랑 같이 있으면 뭔가를 이룰 거라는 생각이 옳지 않다는 것을 알게 되었다.

바로 그날 독서회를 가입하게 되었고 그동안 참고서만 읽었던 나는 독서회에서 여러 장르의 책을 다루게 되면서 평소에 좋아했던 미술사 공부를 체계적으로 하고 싶다는 욕구가 생겼다. 뜻을 같이하는 회원들과 『곰브리치의 서양미술사』를 시작으로 일주일에 두 번씩 적지 않은 시간을 함께했다. 서양미술의 입문학인 이 책을 끝마치면서 가장 기억에 남는 것은 책의 첫 문장으로

"미술이라는 것은 사실상 존재하지 않는다.
다만 미술가들이 있을 뿐이다."

이 문장에 정신이 번쩍 들었다. 책 중간중간에 곰브리치가 당부하는 것도 편견을 갖지 말라는 것이다. 곰브리치는 참신한 눈으로 그림을 보고 그 그림 속에서 새로움을 발견하라고 권한다.

서양미술사를 시점으로 다른 인문학 도서들도 읽게 되었다. 『소피의 세계』는 알면 알수록 복잡한 철학에 관한 책인데 수능 공부하듯 방송교재를 참조하기도 했다. 가끔 지루하면 전시회를 다니면서 머리를 식히기도 했다. 지금은 일

상처럼 회원들이 가족 같다는 생각이 든다. 열 받을 땐 넋두리 정도는 할 수 있는 그러면서 서로를 지지하고 동조해 주는 가운데 긍정의 힘도 얻게 되는 공간이기도 하다.

혼자서 책을 읽을 땐 내가 좋아하는 분야만 읽었는데 독서회를 통해선 여러 장르를 체계적으로 접할 수 있고 사회과학 분야에선 생각하는 힘이 깊어진다는 느낌이 든다. 이렇게 책을 통한 함께하는 사람들과의 만남은 주부우울증도 잊게 하고 정서적 치유에도 도움이 된다.

벌써 내년이면 도서관 독서회를 시작점으로 10년이 되어 간다. 지금 생각하면 10년 전의 나의 선택에 계속적 응원을 보내고 싶다. 독서의 힘은 나를 버티게 하는 꿋꿋한 버팀목이 틀림없다.

거장들의 전시회

도서관 인문학동아리에서 현대 미술을 다룬 적이 있었다. 현대 미술은 나에겐 이해할 수 없는 그저 어려운 것이었다. 미술이 좋아 찾아다닌 전시회에선 무언가를 얻는 것보다 그 주변 분위기가 좋아서 시간을 보낸 적도 있었다.

그런 시간 사이에 내 눈과 마음에 쌓이는 무언가로 인해 더 전시장을 찾게 되었다. 작품을 이해하기 위해선 먼저 작가의 작품들을 사전 조사하여 알아보고 품평도 먼저 해보며 라이프 스타일과 작품 세계관도 알아보니 점점 작품이 눈에 들어오고 그림의 잔영들이 가슴에 남기 시작하였다.

얼마 전 살바도르 달리 전시회를 다녀왔다. 콧수염과 꿈꾸는듯한 그의 세계를 모두 이해하긴 멀었지만 어릴 적부터 경계선을 넘나드는 사고방식과 반항적 기질로 예술학교에서 쫓겨났고 기괴한 행동과 의상이 지금의 작품들에 모두 들어가 있는 것 같아 역시 거장이란 생각이 들었다.

그가 초현실주의 운동의 선구자적 역할에 우뚝 선 건 1차 대전 이후다. 기존 사회의 가치가 무너진 상황에 진정한 자유를 찾고자 무의식세계를 표현하는 예술로 우리가 마치 꿈꾸는 장면을 느끼게 한다.

여기엔 프로이트 영향도 많이 받았고 다른 작가들이 환각 속에서 그림을 그릴 때 그는 환영을 볼 때까지 오로지 집중해서 숨은그림찾기 같은 작품을 만들었다. 인생 자체가 예술인 살바도르 달리, 어릴 적 트라우마를 멋진 작품으로 승화시킨 그에게 큰 박수를 보내고 싶다.

이런저런 전시회를 통해 현대 미술이건 고전미술이건 그 모든 것들이 우리 삶 속에 깊이 관여되어 있다는 것과 내 주위 내 주변에서 볼 수 있다는 것에 가끔가다 놀란다. 올해는 어떤 거장들의 전시회가 열릴까 기대된다.

오픈런

　　나의 카페에 대한 기억은 어릴 적 동네 만화방이다. 그곳에는 만화책, 무협지, 소설책 등이 있었다. 한쪽에선 떡볶이랑 달달구리한 커피도 팔았는데 처음 커피를 마셔 본 곳이다. 쓰면서 단맛이 나는 것이 초등학생인 내 입맛에도 좋았다. 괜히 어른 흉내를 내는 것 같고 친구들한테 허세를 부리는 것 같아 마셨었다.

　커피를 마시며 만화책 보고 울고 웃다가 밀린 숙제를 하고 만화 그림도 그렸다. 지금의 만화카페 같은 곳이고 춥고 길었던 겨울에 시간 때우기로 딱 맞았다. 지금도 그때의 그곳이 가끔 그립다. 요즘의 카페문화를 어릴 때부터 제대로 즐긴 셈이다.

　회사에 다니면서 작은 소도시로 출장을 가면 동네 중심엔 다방이 있었다. 동료들은 다방 가는 걸 꺼렸지만 나는 계란

노른자에 견과류 들어간 쌍화차가 좋아 혼자 앉아서 마시곤 했다. 그 동네를 파악하려면 다방을 가면 금세 알 수 있다.

수다를 떨며 뒷담화를 듣는 것 또한 나쁘지 않았다. 아마 젊은 아가씨가 들어와 있으니 더 시끄럽게 한 것 같기도 하다. 영화 라디오스타 속에 나오는 DJ가 있는 다방도 기억나는 데 미팅 장소였다. 거기서 팝송도 따라 부르고 말이다.

지금은 멀리 도시를 벗어나도 예쁜 카페들이 많다. 그러나 예전의 분위기를 느낄 수는 없고 옛것이 그리울 땐 타임머신을 타고 그때 기억을 되돌리고 싶다.

작년 1월 추운 날 우리 회원들과 별다방에서 플레이모빌을 접하게 되었다. 그냥 오픈런 한 번으로 끝내려 했는데 매주 품목이 달라 일주일에 한 번씩 7개를 모아서 세트를 구성하게 되었다. 장식장에 진열하고 한동안 플레이모빌에 꽂혀 겨울을 다 보냈다. 추위에 떨며 발 동동 구르며 마시는 뜨거운 커피는 오랫동안 잊지 못할 재미난 추억이다.

책 모임을 도서관에서 하는데 너무 추워서 카페에서 한동안 스터디 진행을 한 적이 있다. 그때도 오픈런해서 좋은 자리 맡아놓았고, 책을 읽으며 주위에 시선들을 의식했다. 왠지 지성인처럼 보일 것 같아 열공 하는 척했다. 사실 이 분위기에 오로지 책에만 집중하긴 어렵다. 다른 쪽으로 빠져 수다만 거의 떨고 온 적도 있다.

　요즘 들어 예전의 카페에서 오픈런을 했던 시간이 생각난다. 내 생각과 취향이 비슷한 사람들이 주변에 있어 든든하다. 다음 오픈런은 어떤 것일지 기다려진다.

나만의 굿즈 만들기

　　요즘 나오는 굿즈를 보면 놀랍다. 생활에 필요로
하는 것이 다양하게 어찌나 잘 나오던지 가격도 천차만별이
고 명품 상품은 작게 만들어 시선을 끌게 한다. 다른 상품
들도 나름대로 홍보를 제대로 하는 것을 넘어서 과잉이다
싶어질 정도의 구매 열풍을 일으킨다.

　내가 굿즈를 모으기 시작한 건 3년 정도다. 미술 전시회
를 다녀 보니 아쉬움에 오래 기억하고 싶어서 마그네틱을
사서 냉장고에 부착했다. 나만의 또 다른 전시회장이 되었
다. 보기만 해도 작가들의 흔적이 느껴져 뿌듯하다.

　타인에게 주는 건 무조건 내 손을 타는 것을 좋아한다.
받는 사람은 어떨지 모르지만 내 시간과 정성을 들여 조금
이라도 나를 기억해주었으면 하는 마음이다. 그리고 웬만하
면 그 상황에 맞게 나만의 굿즈를 제작하는 편인데 그것도

시간이 여의찮을 때가 많다. 내가 글을 쓸 때 만년필을 고수하는 이유는 한 글자 한 글자 생각할 수 있는 여유를 가지려고 하기 때문이다. 나는 옛것을 좋아하고 고수하는 편이다.

동아리 활동하면서 읽은 책이 점점 쌓였다. 언제부턴가 놓치고 싶지 않은 글귀들을 메모해 두고 다시 들여다보곤 한다. 그중에 법정 스님의 『무소유』 중 이런 글귀가 있다.

"정말 우리 마음이란 미묘하기 짝이 없다. 너그러울 때는 온 세상을 다 받아들이다가 한 번 옹졸해지면 바늘 하나 꽂을 여유조차 없다. 그러한 마음을 돌이키기란 결코 쉬운 일이 아니다. 그래서 마음에 따르지 말고 마음의 주인이 되라고 옛사람들이 말한 것이다."

나를 두고 한 말 같아서 자주 읽어보는 글귀인데 밥그릇 큰 어른이 되라는 것 같아 언제봐도 감동이다. 올해는 이글로 책갈피 굿즈를 만들어 우리 회원들에게 주고 싶다. 올 한해도 잘 넘길 수 있도록 행운의 굿즈를 만들어야겠다.

책과 영화

　　　　책 모임을 하면서 영화 원작의 책을 한동안 읽었었다. 회원들과 영화와 책을 비교하며 여러 이야기를 나누었다. 조조영화도 극장에서 함께 보고 영화의 뒤풀이를 카페에서 즐기며 수다를 떨었었다. 평소에 혼자 영화를 보는 것을 좋아하지만, 마음이 맞는 이들과 영화를 보는 것도 소중한 기억으로 남아있다.

　코로나19로 책 모임이 어렵게 되자 집에서 음악을 들으며 마음을 달래었다. 빈티지 오디오를 사서 7080세대의 음악에 심취할 무렵 김추자 LP판을 얻게 되었다. 노래를 틀어 놓고 흥얼거리다 문득 이준익 감독의 『님은 먼 곳에』 영화가 생각나 다시 보게 되었다. 이준익 감독의 영화는 대부분 코미디와 드라마가 적절하게 있다는 평을 받고 있다. 2008년에 개봉한 이 작품은 조용한 목소리로 가슴을 울리는 영화로 생각된다.

동네 아줌마들 앞에서 노래 부르는 게 낙이었던 여주인공 '순이'는 남편 상길을 군에 보내고 홀시어머니 성화에 못 이겨 면회를 가지만 남편은 베트남전에 지원했다는 통보를 받는다. 남편을 찾겠다는 일념으로 위문공연단의 보컬로 합류해 '써니'란 새 이름을 가지고 전쟁 한복판에 뛰어들어 남편을 찾아낸다는 이야기이다.

이 영화의 주제곡으로 쓰인 노래는 1970년대 유명한 가수 김추자가 발표한 『님은 먼 곳에』로 영화의 제목을 이 노래에서 따온 것이다. 주인공 '순이'역을 맡은 수애가 리메이크해서 불렀다. 영화 전반에 걸쳐 김추자 노래 '늦기 전에', '님은 먼 곳에', '월남에서 돌아온 김상사'등이 나온다.

어리석고 순박한 시골 처녀인 주인공이 애정도 없는 남편을 찾아 나선 무모하리만큼 당찬 행동은 어디서 나왔을까? 나라면 할 수 있을까? 이억 만 리 전쟁의 포화를 뚫고 찾아낸 남편에게 따귀를 후려칠 땐 뭔가 통쾌한 기분이 들었다. 끝까지 옆에서 지켜준 동료들은 믿음이 있어 보였다. 주인공의 모습은 1970년대 정윤희 배우의 모습도 보이고 베트남전 영화인 『포레스트 검프』도 생각나고 잊혀간 과거에 대한 향수를 느끼게 하는 잔잔한 영화이다.

'사랑한다고 말할걸 그랬지' 이 가사처럼 후회하지 말고, 주변 사람들과 관계에서 감정을 서로 표현하고 일상의 소중함을 지키며 살고 싶다

의미 있는 이름

　　　　원래 네이밍은 '이름을 짓는다'라는 뜻이다. 광고에서는 사람이 아닌 상품에 이름을 지을 때 쓰는 말이다. 경쟁시장에서 상품을 차별화하면서 가치를 높이고 상품이 대중들에게 다가가기 좋게 하는 것이다. 어쨌든, 사람이건 사물이건 네이밍은 출발점이라고 할 수 있다. 우리는 탄생과 함께 이름짓기를 고민한다. 어떤 이름을 짓느냐에 따라 이미지가 달라지기 때문이다.

　내가 속해있는 동아리는 마중물과 사과나무이다. 마중물은 도서관에 속한 성인 독서회다. 회원들과 의논하여 투표로 이름을 선정했고 순우리말로 펌프질을 하기 전에 한 바가지의 물로 길어 올리는 큰물이라는 뜻이다. 의미를 생각하면 할수록 정겹다.

　다른 하나는 인문학동아리인 사과나무다. 이것도 회원들

과 의논해서 지었는데 '사과나무'라는 말을 좋아하는 내가 우긴 것도 있다. 우리 동아리 사과나무는 해를 거듭할수록 열매를 맺는 느낌이 들고 점점 풍성해져 이름을 잘 지은 것 같아 뿌듯하다.

나는 사과의 다양한 맛과 여러 색을 좋아하며 그 색은 물감으로 흉내 내기도 쉽지 않다. 사과는 과일을 대표하는 상징성이 크고 세계적으로 다양하게 재배된다.

요즘 이사를 하면 풍요로운 사과 그림이나 사진을 선물하는데 이는 부를 상징한다. 사과는 나에게는 특별하다. 엄마가 사과를 너무 좋아하셔서 집에 사과가 떨어져 본 적이 거의 없었다. 사과는 나에겐 엄마에 대한 그리움이기도 하다.

이름으로 불린다는 것은 존재감이 생기는 것이다. 고로 존재에 대한 의미 부여의 시작은 이름이다. 빅터 플랭크의 『죽음의 수용소에서』란 책에선 보면 수용소 안에서는 이름이 없다. 물론 죽음을 앞에 두고 이름 자체가 무모하지만, 존재 자체도 없어지는 것이다.

책 내용 중 '행복은 찾는 것이 아니라 주어진 상황에서 의미를 실현함으로써 행복한 이유를 찾는 것이다'라고 쓰여 있다. 어떤 게 행복인지 정답은 없지만 내 상황에 맞게 찾는 게 행복이라면 우리 회원들과 함께 마중물로 키운 사과나무 아래서 미래를 지금처럼 함께 하고 싶다.

성장통

　20대 초반은 무언가 꿈을 찾아 지내다 그럭저럭 시간만 보냈다. 졸업을 앞두고 무력감에 휴학하면서도 집에서 빈둥빈둥 보내고 무얼 해야 할지 모르는 상황에 갑자기 다가온 어둠의 그림자는 일주일 동안 식음을 전폐하게 했다.

　그때가 슬럼프였다. 세상이 두렵고, 사회의 한사람으로서 아무런 준비 없이 살아 온 과거가 스스로 부끄럽고 창피했다. 그런 마음은 처음 느껴보는 것으로 고통이 무척 컸다. 아무 말도 없이 나를 믿고 취미생활과 행동들을 탓하지 않은 부모님께도 죄스러움이 느껴졌다.

　그때의 일이 지금의 나를 만든 게 아닌가 하는 생각이 가끔 든다. 무엇이든 해야겠다는 생각을 확고히 하고 쉽게 포기해버리는 행동을 바꾸고 끝까지 버티는 힘이 생기게 되었다.

그 시절 주부가 되면 경단녀가 되기 쉬웠는데 내 자리를 10년 이상 지켰고, 최대한 활용하려는 노력을 계속하고 있다. 예전에 나는 무언가를 꿈꾸는 걸로 직업을 바꾸려 했는데 세월 탓인지 지금은 내가 가지고 있는 것에 대해 소중함이 더 간절해진다.

그동안 쫓던 꿈들은 사라져버리고 독서회 동아리에 들어와서는 어느 정도 마음속을 나눌 수 있어서 방황했던 시간도 이젠 추억이 되었다. 책 읽는 동아리가 좋은 건 함께 공유하고 공감할 수 있고 끊임없는 지속력이 있어서 좋다.

나이가 든다는 것은 아무래도 이해의 폭도 같이 자라는 것 같다. 이런 성장통엔 우리 독서회가 한몫하는 건 틀림없는 사실이다. 그리고 힘들었던 시기를 잘 이겨내고 견뎌낸 자신에게 "잘했어, 앞으로는 좋은 일만 있을 거야"라고 칭찬해 주고 싶다.

무소유

　　우리는 관계와 관계 속에서 하루하루를 살고 있다. 나랑 책 사이에도 관계가 있다. 나랑 관계가 있는 책들이 여러 권 있는데 이는 소장 가치가 있어 책장 하나를 차지하고 있다. 그중에는 각종 미술사 책, 『사피엔스』, 『네루다의 우편배달부』, 『너무 시끄러운 고독』, 『백년의 고독』 등이 있다.

　　가장 아끼는 책은 법정 스님의 『무소유』를 최고로 생각한다. 여기서 무소유란 아무것도 갖지 않는 게 아니라 불필요한 것을 갖지 않는다는 뜻이다. 물건이란 가지고 있음과 동시에 그것에 구속되기도 한다. 많이 가지고 있는 것은 그만큼 많이 얽혀 있다는 것이다. 이 말에 나는 할 말이 없다. 유난히 난 물건 집착이 심해서 매일 한가득 메고 쌓이고 그러다 비우고 아주 발광에 가깝다. 심할 땐 직업을 고물상으로 바꿔도 손색이 없을 정도다.

"공수래공수거"는 법정 스님의 유명한 말씀이다. 인생은 빈손으로 왔다가 빈손으로 가는 것, 인생무상과 허무를 말하는 거다. 단순하고 평범하게 사는 미니멀리즘을 몸소 실천하셨다. 법정 스님은 순간순간을 스스로 자각하며 살고, 이런 순간들이 쌓여 한 생애를 산다고 하셨다. 무소유는 그의 삶을 그대로 보여준다. 따르고 실천해야 하는데 생각대로 되지 않는다.

내가 모든 걸 내려놔야 할 만큼 힘들 때는 이 책에 항상 손이 간다. 비록 생각과 행동은 다르지만, 이 책으로 나의 복잡한 마음과 행동을 다스리고 있다. 잠시나마 머리를 비우려고 할 때는 『무소유』가 옆에서 지켜주는 것 같아 든든하다.

수많은 욕심에 치여 나를 잊고 산 날들에 미안했다. 자제할 줄 아는 생활, 배려할 줄 아는 사람으로 만들어주는 『무소유』는 나와 대단한 관계를 맺고 있는 책이다.

도서관과의 소통

　　습관처럼 다니는 곳 중 하나가 도서관이다. 10년 전부터는 나에게 특별한 장소가 되었다. 집 근처 가까운 곳에 도서관이 생겼다고 해서 가 본 게 계기가 되었다. 도서관은 생활을 바뀌게 하였고 다른 사람과의 만남은 그전의 일상과는 다른 세상이었다.

　　그만큼 먹고살기 바쁘고 여유도 없었다. 책을 읽을 시간이 없었다고 생각했는데 사실 이건 핑계다. 어떤 상황에 있든 책은 읽어야 한다는 것이 지금의 내 생각이다. 동아리에서의 활동은 직장생활 할 때의 내가 아닌 진정한 내가 되는 느낌이다.

　　의견을 솔직히 말하고 남의 의견도 경청하는 이런 훈련(?)의 반복은 학교라는 공간에서 겪어보지 못한 것들이 채워진다고나 할까. 다양한 책들과 만나고 여러 프로그램을 이용하고 교류하면서 새로운 나로 거듭난다.

나는 책의 편식이 심한 편이다. 로맨스나 블랙코미디, 미술사를 좋아하는데 혼자 책을 읽었으면 여기서 벗어나지 못했을 것이다. 다행히도 달란트가 많이 있는 회원들이 있고, 다양한 책을 접할 수 있어 억지로라도 읽으니 그런대로 읽어진다. 이건 내 지식의 한계를 깨는 것이다.

이번엔 어떤 책을 만나게 될까 하며 나에게 긴장감을 주기도 한다. 한곳에 머물러 있던 것을 색다른 곳으로 안내하기도 한다. 전에는 조금만 알아도 아는 척하고 싶었는데 지금은 조금 겸손해졌다. 요즘은 다른 회원들의 생각들이 더 기다려진다.

사실 책을 통해서 얻을 수 있는 가장 큰 장점은 나 자신이 어떤 사람인지 알 수 있는 기회를 얻게 되었다는 것이다. 책에 쓰인 문장을 보면서 공감력도 생기고 사고력이 깊어졌으며 생각이 확장되었다.

살면서 내가 알고 있는 것에 대해 무모한 행동을 할 때가 있다. 사람들과의 관계에서 오는 실망감과 일하면서 부딪히는 벽들이 책을 읽음으로써 절제되며 다듬어진다고 믿는다.

늦었다면 늦었을 때이지만 도서관과의 소통은 내 생각과

행동을 한곳에 있게 하지 않았다. 더 나아지는 것도 좋지만 그냥 지금처럼 만남이 잘 유지되기를 바랄 뿐이다.

온택트 시대의 비움

나의 라이프 스타일은 8090년대에 머물러 있다. 노래도 그렇고 최근에 나오는 생활에 필요한 여러 기계를 다루는 것보다 여전히 옛것이 손에 익어서 좋다. 그래서 남들보다 유행에 조금 뒤처져 있고, 내가 하는 일 외에는 관심이 없다.

그러나 세상이 달라졌다. 코로나19를 계기로 온택트가 일상이 되었다. 공부도 만남도 다 비대면으로 세상이 돌아가고 있다. 예전의 나라면 이것이 통할 리 없다. 불과 몇 년 전까지만 해도 4차 혁명 운운했던 것이 이젠 현실이 되어 굴러가고 있다.

온택트가 활성화되면서 우리 독서회도 비대면으로 바꾼 지 2년이 넘는다. 장보기 등 생활도 온라인으로 주문해서 사람과의 만남을 멀리하고 불과 몇 년 전과 비교하면 상상

할 수도 없는 일들이 요즘은 평범한 일상이 되었다.

책모임에서 얼굴을 맞대고 토론하던 것이 점점 잊혀가는 것 같아 그때가 그리워진다. 어떤 이는 이 방식이 편하고 익숙하겠지만 나는 전혀 그렇지 않다. 어쩔 수 없이 온라인 책모임을 하지만 익숙하지 않다. 도서관 모임이면 아침부터 설레고 기다려졌는데 요즘은 그날이 다시 올까 싶다. 하지만 우리가 일상적인 생활을 지속하려면 온택트도 할 줄 알아야 하는 게 현실이다.

사실 지금도 신문으로 세상을 보고 있다. 핸드폰으로 같은 뉴스를 봐도 기억에 남는 것은 신문의 내용이다. e북도 가끔 이용하는데 나에겐 종이가 주는 정서를 따라 올 수는 없다. 같은 글이라도 받아들이는 것이 다르다. 종이가 주는 감성에 너무 익숙해서 새로운 것은 낯설어서 그런 것이다.

어느 순간부터는 핸드폰이 옆에 있지 않으면 불안해지기 시작했다. 수시로 확인하고 어쩔 땐 핸드폰의 노예가 되어 있는 것 같다. 모든 소통이 핸드폰으로 이루어지니 손에서 잠시도 놓지 않는다. 그러나 가끔 하루쯤은 핸드폰을 꺼 놓고 휴식을 가져야겠다는 생각도 있다. 너무 많은 걸 보고 듣고 아는 것이 머리만 복잡해지는 것 같다. 다 잊어버리고 그냥 멍때리기를 해서 나만의 휴식을 가지는 것도 정신건강

에 나쁘지 않을 것 같다. 너무 넘치는 것보다 비움이 필요
할 때가 있다

글쓰기에 진심이 되고 싶다

소싯적엔 작가를 꿈꾸며 시도 끄적거려보고 유명한 시를 외우고 베끼며 시집을 만들어 책처럼 들고 다녔다. 문예부 활동도 적극적으로 한 적도 있었고 나름 사생대회에서 글짓기상도 받고 교지 출판에도 참여했던 적이 있었다. 지금은 글을 쓰는 생활과는 멀어졌다.

10년 전 새로운 도서관과 함께한 독서동아리는 책 읽는 나로 변화시켰다. 처음 문집을 낼 때를 생각하면 지금도 부끄럽고 창피하다. 독서회 책은 꼭 읽어야 한다는 생각은 있지만 글쓰기는 정말 자신 없었다.

지금도 첫 번째 문집을 보기가 힘들다. 준비 없이 안 쓰고 있다가 서둘러 냈던 상황이 부끄럽다. 그렇다고 지금 당장 훌륭한 글이 나오는 것은 아니지만 용기를 갖고 그냥 쓰려고 한다.

요즘 개인이 내는 독립출판도 있고 꼭 정식절차를 거치지 않고도 자기표현을 하는 사람이 많아졌다. 글쓰기를 잘해서가 아니고 그냥 내 생각을 표현하는 방법이 다양해졌다.

　사실 모든 일의 시작에는 생각이 반이다. 내 장점이라고 하면 생각을 하면 바로 실행에 옮기는 편이다. 잘되든 안되든 곧바로 시작한다.

　글쓰기는 내 삶을 표현하는 데 힘이 된다. 어디에 얽매여서 쓰는 게 아닌 나대로의 방식대로 글쓰기에 진심이 되고 싶다.

#03

#별이

#운명의 책 모임

더운 여름날, 여느 때처럼 동아리 활동이 끝나고 회원들이 식사하러 일식집으로 가서 테이블을 둘로 나누어 앉았다. 우리 테이블에는 빈센트, 모고, 지니, 내가 앉아서 식사했다. 메뉴는 정확히 기억이 안 나지만 알탕을 자주 시켰으니 그걸 먹지 않았나 싶다.

식사 중에 제일 연장자인 빈센트가 갑자기 "나 미술사 한번 했으면 좋겠어."

항상 그 분야에 관심 두던 모고 "저도 한번 하고 싶어요."

다방면에 호기심이 많은 지니 "저도 좋아요"

바로 결정 하지 않고 지켜보는 나는 "미술사 공부 재미있기는 하겠네요."

마음 가면 바로 실행에 옮기는 빈센트 "그럼 하자. 단 두 명이라도 되면 난 할 거야."

모고와 지니 "그럼 할까요?"

난 미적대고 가만히 있는데 빈센트가 "별, 자기도 하자."

여기저기 동아리 활동에 파트타임으로 일하고 있던 나는 또 일을 벌이면 안 되는데 생각하며 "일단 해 보죠"라고 대답했다.

그때까지도 나는 이 모임이 한 달이나 갈까 생각했다. 미술사라니, 꿈들도 크지. 공부하고 싶은 열망이 큰 빈센트에게 힘을 실어 주고 싶은 마음에 참가하기로 한 것이다. 우리 사과나무 모임은 동아리 뒤풀이 식사 자리에서 멤버 중 1명의 비장함과 2명의 맞장구와 1명의 미적거림으로 시작되었다.

책은 대학교 때부터 읽어야지 하고 마음속에 품고 있던 곰브리치의 『서양미술사』를 선택했다. 책을 주문하고 책의 두께를 보자마자 우리의 모임을 석 달 정도로 예측했다. 처음 예상한 한 달보다 길어진 건 책이 두껍고 비쌌기 때문이다. 본전을 찾아야 한다면 책을 읽는데 그만큼 걸릴 것으로 생각했다.

첫 모임에서 모고의 제안으로 서문을 읽었다. 책의 두께에서부터 겁을 먹고 있었지만, 처음부터 술술 잘 읽히는 게 신기했다. 곰브리치가 독자의 관점에서 쉽게 쓰려고 고심한 흔적이 보여 책을 놓고 싶지 않았다. 그와 끝까지 여정을 함께 하고 싶었다. 회원들도 그렇게 서문을 읽고 작가에게 반했기에 1년 가까이 만나서 책을 함께 읽었으리라.

우리가 포기하지 않고 모임을 지속하는 걸 보고 산새와 나무가 같이 참여하여 지금까지 여러 해를 같이 보내고 있다. 두 사람도 처음의 나처럼 이 작은 소모임이 사계절을 버티고 자리 잡을 거라고 전혀 예상하지 못했을 것이다.

어린 시절 책 표지의 기억

　　세 살 터울인 오빠는 내가 초등학교 2학년에 서울 친척 집으로 유학 갔다. 방학이면 오빠가 항상 시골로 내려오곤 했는데 서울에서 지내는 이야기보따리와 공부할 책과 문구류 등을 가져와 언제나 남동생과 나에게 즐거움을 줬다.

　오빠가 오는 날이면 동생과 나는 오빠가 걸어 들어오는 언덕을 둘이서 하루 내내 지켜보고 있었다. 오빠가 가져온 것은 신기한 보물과 같아서 그냥 버리고 간 것도 동생과 서로 가지려고 했다.

　그중에 기억에 남는 물건은 오빠가 항상 자습서와 문제집을 가져왔는데 거기에 싸인 책 표지였다. 중간에 밤색 칸이 있었고 그림이 그려져 있었다. 지금은 기억이 잘 나지 않지만, 내 눈엔 단순해도 꽤 고급스러워 보이는 책 표지였다.

바로 종로서적 책 표지다. 오빠의 거의 모든 책은 그 표지로 싸여 있었던 것 같다. 내가 디자인이라는 것을 인지하는 최초의 순간이 있었다면 종로서적 책 표지를 처음 봤던 그 때라고 말할 수 있다.

요즘에는 책 표지가 거의 없다. 우리가 어렸을 때는 책이 귀해서 교과서든, 소설책이든 책 표지로 책을 항상 감쌌다. 나는 오빠가 문제집을 물려주었을 때 싸여 있는 종로서적 표지를 그대로 사용했다. 문제집을 안 풀어도 그 책 표지만 보고 있어도 기분이 좋았다. 그 표지를 하고 있으면 나는 세련된 서울 사람이 된 것 같았다. 서울에 빨리 올라가고 싶었다. 책이 종로서적의 책 표지를 입은 것처럼 나도 서울의 공기를 마시면 멋져질 것만 같았다.

세월이 한참 흘러 서울에 올라와 종로서적을 찾아갔을 땐, 책 표지에 대한 기억과 어릴 때의 추억으로 가슴이 뭉클해졌다. 낯선 땅, 마음 붙이기 쉽지 않은 곳에서 잠깐이라도 숨을 돌릴 수 있는 안식처 같은 느낌이 들었다.

근처에 있는 대형서점인 교보문고는 거의 찾아가지도 않았고 종로서적만 몇 번 더 가 봤다. 나에게는 교보문고의 넓은 공간보다 종로서적의 층별로 있는 좁은 공간이 다락방 같아 더 편했다. 지금은 종로서적도 책 표지도 다 사라졌지만, 표지를 처음 보고 받았던 신선한 충격은 아직도 내가 책과 함께하는 삶을 이어주고 있다.

우리의 책 모임은 도서관에서 시작되었다. 도서관의 작은 모임방은 여름에는 그럭저럭 견딜만했지만, 겨울에는 난방시설이 열악해서 덜덜 떨다가 멤버들이 감기에 걸리기 일쑤였다. 도저히 안 되겠다 싶어 도서관과 가까운 카페로 가서 책 모임을 하기로 했다.

그때부터 우리 동아리의 카페 투어가 시작된 것 같다. 도서관의 조용한 분위기에서 책을 읽고 이야기를 나누는 것은 서로에게 집중을 할 수 있어 좋았지만, 커피 향이 퍼지고 조용한 음악이 흐르는 곳에 주변 테이블의 나긋나긋한 대화 소리는 내적인 긴장감을 풀어주며 사고를 유연하게 해주었다.

책을 읽으며 바라보았던 카페 창밖의 나뭇가지로 보이는 햇살, 그 사이로 부는 바람, 갑작스럽게 줄을 긋던 빗방울

들에 대한 생생한 추억이 방울방울 피어오른다.

도서관에서 책 모임이 끝나면 점심을 같이한 다음, 카페를 찾아서 담소를 나누곤 했다. 그곳은 동네 스타벅스였는데 1인 1잔을 시키지 않아도 주인의 눈치를 보지 않고 오랫동안 수다를 떨 수 있고, 화장실이 안에 있어 편했다. 우리는 카운터에서 보면 왼쪽 둥근 기둥 (기둥이 있었던가? 있었을 것이다!) 옆에 테이블을 붙여서 앉았다. 소소한 이야기로 시작하다가 그날의 토론에서 못했던 말들이 터져 나오면 본 토론보다 더 진지하고 열기로 가득했다.

우리 책 모임에서 철학 입문서인 『소피의 세계』 책으로 철학을 공부했다. 거기에 그리스 시대 철학의 모임인 '스토아학파'가 나온다. 스토아는 기둥이란 뜻으로 아테네 학당의 기둥 아래 모여 '스토아학파'라 했다고 한다. 그걸 보고 우리는 '스토아학파'만큼 진지하니 우리 모임을 '스타벅스학파'라 하자고 말하며 웃었다.

그 시대의 여러 가지 철학 학파가 논쟁하며 인류의 지적 사유를 확 넓혔듯이 우리 동네에도 다양한 카페에서 개성 있는 독서 모임이 생겨 즐겁게 경쟁하는 모습을 상상해본다. 또 아는가 이 어려운 시국을 헤쳐갈 지혜로운 이론을 우리가 탄생시킬지. 우리의 후배들이 이걸 기록해서 우리를 성인으로 만들어 줄지. 하하하.

사과나무

　　우리의 책 모임 이름은 사과나무다. 이름을 잘 짓는 나무가 만들어줬다. 나에게 사과는 특별하다. 일단 우리 부모님이 지금 사과 농사를 짓고 계신다.

　어릴 때 엄마는 내가 사과를 좋아해서 옆 동네 과수원에서 쌀자루에 가득히 담아 사 들고 오셨다. 언젠가 할머니도 손녀에게 줄 욕심에 꽉 채운 사과 자루를 이고 오다가 논둑에서 자루를 놓쳐버린 일도 있었다. 아빠는 은퇴를 앞두고 소일 삼아 과수원을 해보겠다며 사과나무를 심으셨다. 그때까지는 엄마와 할머니는 일이 힘들 걸 아셨지만 딸과 손녀를 마음껏 먹이겠다는 사과 빛 희망으로 아빠를 만류하지는 않았다.

　아빠는 젊을 때 농사를 짓지 않아서 고달픔을 잘 모르셨다. 아빠가 직장 다니실 때는, 할머니 할아버지 엄마가 주로 농사일을 하셨다. 과수원은 다른 농사일 보다 훨씬 품이 많이 든다. 일 년에 쉬는 날이 별로 없다. 은퇴하신 아빠는 종교모임이나 예전 직장동료의 사교모임에도 빠지지 않고 나가시기에 조부모님까지 돌아가신 지금은 엄마가 일을 도 맡아 하신다. 엄마는 과수원을 하면서 더 많이 늙으셨다. 지금 나에게 사과는 어린 시절의 달콤한 기다림보다는 애증 의 대상에 가깝다.

봄이 오기 전부터 땅에 거름을 주기 시작하여 꽃이 피면 꽃을 따고 가지를 잘라내고 잎을 따준다. 사과를 탐하는 벌 레와 새들을 쫓고 반짝이를 깔아서 사과의 빛을 골고루 빨 갛게 해야 탐스럽고 먹음직스러운 사과가 된다. 하지만 사 과가 더 달고 깊은 맛을 내기 위해서는 서리가 내릴 때까지 사과도 주인도 기다림의 시간이 필요하다.

사과나무가 사과를 내어준 다음, 잊지 않고 기억해서 찾 아주시는 고객들, 어릴 때 동네에서 놀던 아들딸 친구들이 사과를 사러 찾아올 때의 반가움과 고마움에 부모님은 일 년 동안 쑤시던 삭신의 고통은 잠시 잊어버리신다.

우리의 책 모임 사과나무도 뿌리를 내리고 꽃을 피우고 열매를 맺고 있다. 회원 한 사람 한 사람이 나무를 키우고 가꾸기 위해 정성을 쏟고 있는 모습이 눈에 보인다. 더 맛

있는 사과를 만들고 누구와 나눌 것인지는 항상 고민하고
있다.

내 인생의 도서관

지금 내 인생에서 도서관이 없었으면 어떨까?

집 근처에 도서관이 생긴 것은 10년 전쯤이다. 처음에는 거기에서 가끔 책을 빌리고 식당에 들러 밥을 먹곤 했다. 게시판에서 독서회 회원 모집공고를 보고 동네 엄마들에게 같이 가자고 했는데, 아무 반응이 없길래 나도 그만두기를 몇 번 반복했다.

도서관 개관 후 3년이 지났을 무렵 지역신문에 도서관 독서회에서 『혼불』 책을 강의한다는 공고가 났다. 읽지 않고 하얗게 먼지만 쌓여있던 『혼불』 10권은 마음의 짐이었다. 이제야 읽을 기회다 싶어 여름이 가고 있던 9월 어느 날, 혼자서 독서회 문을 두드렸다.

그때부터 도서관은 나의 생활 공간으로 자리 잡았다. 독서회를 참여하기 위해, 토론할 책을 빌리기 위해, 친구를 만나기 위한 장소로, 또 특별한 강의를 들으러 자주 들렀다. 몇 년 후 다른 책 모임이 만들어져 더 자주 드나들게 되었다.

미래의 내 인생에 도서관이 없다면 어떨까?

내가 나이가 들어 살 곳을 가끔 상상한다. 계속 이곳에 살 것인지 낯선 동네에 살게 된다면 어떤 장소를 선택해야 할지 생각한다. 자주 아플 테니 병원은 있어야 하고 신선한 채소를 살 수 있는 재래시장이 있고, 꼭 도서관은 있었으면 좋겠다.

권여선의 단편소설 『이모』에서 이모는 죽기 전 가족들을 떠나 변두리 동네 아파트에서 혼자 전세로 산다. 이모는 매일 집 근처 도서관에 책을 읽으러 가는데, 다른 내용보다 그 부분이 제일 기억에 남는다. 내가 염두에 둔 것을 소설에서 발견했기 때문일 것이다.

다행히 요즘 전국 곳곳에 도서관이 많이 지어졌다. 집값을 고려하여 어느 곳에 살더라도 도서관 가까운 집을 구할 기회가 많아졌다. 한 가지 더 바라는 게 있다. 도서관에 전

문적인 사서가 많아졌으면 좋겠다.

내가 그날의 분위기에 맞춰 책을 골라 달라고 하면 딱 맞는 책을 추천해줬으면 좋겠다. 비 오는 날, 화창한 봄날, 드라이브하기 좋은 날에 맞춰 노래를 골라 주는 라디오 음악 DJ처럼.

책보다 굿즈

우리 책 모임 회원들은 책을 좋아하기도 하지만 여러 가지 굿즈를 모으는 취미를 가진 분이 많다. 인터넷 서점, 전시회, 스타벅스의 굿즈를 다양하게 구매한다. 내가 산 것보다 그분들에게서 받은 것들이 훨씬 많다. 나는 정리를 잘하는 편이 못 되어 굿즈를 볼 때 사고 싶은 마음이 간절하다가도 저걸 어디에 둘지 고민하다 그만두곤 했다. 우리 멤버들이 집에서 굿즈를 멋지게 정리해서 사진에 올리면 감탄이 절로 나온다. 나는 죽었다 깨어나도 저렇게 못 할 거야 하면서 절망도 동시에 하게 된다.

예전에는 전시회를 가면 도록을 샀었는데 요즘에는 회원들과 같이 가면서 문구류, 핸드폰 케이스, 그립톡 등 앙증맞으면서도 바로 사용할 수 있는 것들을 산다. 그걸 볼 때마다 전시회에서 보았던 그림들과 그때의 인상이 어땠는지를 자꾸 되새기니 기억의 지속 효과가 상당하다. 굿즈를 써 보니 다른 멤버들이 왜 그토록 사고 싶었는지 이해가 갔다. 책을 읽은 후 전율의 순간을 잊지 않기 위해 글을 쓰듯이, 굿즈도 그 순간의 감동을 마음에 담고자 하는 몸짓이다.

얼마 안 되는 이 조그만 물건이 나를 행복했던 기억으로 자주 데리고 가고 지친 일상에서 웃음 짓게 한다면 더 바랄 게 무엇이 있으랴. 물건이 내 생각을 좌우할까 싶은데, 굿즈를 사고 나누고 그걸 쓰면서부터 물성이 감성을 움직이게 하는 걸 느낀다. 역시 유물론은 헛된 것이 아니었다!!

지금 이 글을 쓰는 순간에도 우리 멤버들은 어김없이 굿즈를 이야기 한다.

모고: 저번에 산 거 써 보니 어땠어요?

산새: 돈을 더 주고 완전체로 살 걸 그랬어요. 모양이 확 빠지더라고요.

새로운 세상

온택트라는 말은 코로나가 시작되고서 처음 들어본 말이다. 온라인으로 접촉한다고 해서 온택트라고 했는데, 처음에 쓸 때는 이 용어가 어디서 온 말인지 왈가왈부했다. 지금은 이 용어에 대해 익숙한지 자연스럽게 쓰고 있다. 코로나 시기에 줌이라는 온라인 회의가 시작되었을 때 사람들은 문화적 충격을 받았다. 이것도 사람들은 시간이 지나면서 동화가 되었다. 지금은 오히려 오프라인보다 온택트를 선호하는 사람들이 많아지고 있다.

우리 책 모임도 인근 도서관보다 빠르게 온택트 방식인 줌으로 회의를 시작했다. 처음에 회의를 시작할 때는 그저 신기했다. 완전 다른 세상 같았다. 회사도 아니고 동네 동아리에서 온라인으로 모임을 하다니. 지금은 공적인 모든 만남을 줌으로 하고 있다.

기계치를 넘어 기계라면 자다가도 깜짝 놀라는 기계 공포를 가진 나는 카카오톡 이외에 SNS는 거의 하지 않았다. 다른 회원들은 블로그도 만들고 인스타그램 활동도 해서 나에게 여기저기서 소식을 물어다 주었다. 시대에 발맞춰가는 멋진 회원들이다. 느릿느릿 기어가는 나는 그들을 쳐다보기도 바쁘다. 회원들 덕분에 팟캐스트는 몇 번 참여했다. 그것도 지금은 바빠서 하질 못하는데 처음으로 녹음했던 날은 텔레비전에 처음 나오는듯한 긴장과 흥분을 경험했다.

세상은 내가 머물고 싶지 않은 세상으로 흘러가지만, 내가 변하지 않으면 새로운 세상에 머물러 있지 못 할까 봐 두렵기도 하다. 그러나 그런 세상에 발을 디디기만 하면 다양한 사람들을 만날 수 있다. 게다가 그들을 통해서 나는 뜻밖의 밝은 에너지를 얻기도 한다.

새로운 세계 온택트는 동네를 넘어, 국경을 넘어, 세상 사람들의 삶을 이해하는 폭을 넓히고 독서만큼 나를 키울 수 있겠다는 기대도 해본다.

운명의 챗바퀴

책 모임에서 주제별로 독서토론을 한다. 노벨상 작품, 고전 작품, 국내의 젊은 작가 시리즈 등을 했다. 영화화한 소설작품으로도 반년 동안 모임을 했다. 『위대한 개츠비』, 『제인 에어』, 『파이 이야기』 등 소설과 영화를 비교하면서 독서토론을 했다.

그중에서 정말 재미있게 본 것은 소설 『네루다의 우편배달부』를 원작으로 한 영화 『일 포스티노』였다. 소설책에서는 우편배달부의 발랄함이 기억에 남는데 영화에서는 네루다의 '시'가 더 많이 들어왔다. 그 작품에서 네루다를 처음 알았고, 남미에서 체 게바라 다음으로 관심을 두게 되었다. 감독이 '시'를 장면과 장면 사이에 적절히 배치하여 웃음과 감동을 한꺼번에 주었다.

최근에 로맨틱 영화 『세렌디피티』를 봤다. 각자 애인이 있는 남자와 여자가 백화점에서 크리스마스 선물로 하나밖에 남지 않은 장갑을 고르면서 시작되는 이야기다. 둘은 그날 상대방에게 마음이 있는 채로 아쉽게 헤어진다. 대신 인연이 있으면 다시 만날 거라는 생각으로 지폐에 남자는 이름과 전화번호를 남기고, 여자는 책커버 안쪽에 자기의 주소와 이름을 써 놓는다. 돈과 책이 돌고 돌아 상대방의 손으로 가는 날, 그건 진짜 운명이니 그때 진지하게 만나자고 했다.

몇 년이 지난 후, 두 사람은 다른 이와 결혼을 앞두고 있었지만, 여전히 서로를 생각한다. 결국 운명의 갈림길에서 상대방을 찾아 떠난다. 영화의 제목이 세렌디피터, 우연한 행운이라는데 무모하기 그지없다. 여자가 자기 이름을 쓴 책이 바로 『콜레라 시대의 사랑』이다. 책 속의 남자 주인공은 어릴 때 본 여자에게 반해 그녀와 결혼을 꿈꾸지만 여자는 다른 남자와 결혼을 한다. 그 남자는 늙을 때까지 포기하지 않고 여자의 남편이 죽은 후 그녀의 사랑을 비로소 얻게 되는 이야기다. 우리 책 모임에서 한번 다뤘기에 참 반가웠고, 그 내용을 알기에 영화에서 두 사람이 찾아가는 과정에 더 공감할 수 있었다.

책 모임을 찾고 작가, 작가의 작품들, 책에서 나온 구절

들, 회원들이 추천한 책들, 이런 것들이 연계되어 몇 번 내 앞에 우연히 나타나면 이제 슬슬 운명이 될 준비를 하는 것 같다.

책 모임-콜레라 시대의 사랑-가르시아 마르게스-백년의 고독-남미 문학-네루다-네루다의 우편배달부-일 포스티노-로맨틱소설-책 모임

이런 무슨 운명의 쳇바퀴란 말인가, 아니면 운명이라고 저 앞에 던져놓고, 내가 맞추려는 무모하고 위험한 억지일까? 아무튼.

책에서 받은 위로

어떤 모임이든 슬럼프가 오긴 온다. 책 모임에서 슬럼프가 언제 왔는지 생각해본다. 작은 정체기들은 수시로 찾아왔다. 내가 읽고 싶지 않은 책을 할 때, 읽다가 중단하고 싶은 책일 때, 작가에 대한 신뢰가 없을 때 그랬던 거 같다. 그래도 독서 모임에 가서 회원들이 나와 다른 방식으로 책을 읽고 감상을 말할 때, 힘들다고 서로 토로할 때 위안을 받으며 위기를 잘 넘겨왔다.

몇 년 전에 몸도 힘들고 마음도 울적한 적이 있었다. 삶이 의미가 없어 보이고 재미도 없고 무슨 일이든 하기 싫으니 당연히 책도 보기 싫었다. 이제 책에 관련한 활동은 끝내야 하나 생각했다. 회원들이 걱정해주며 기다려 보겠다고 했다. 그러나 나 스스로 마음을 정리하고 동아리 활동도 안 한 거 같다. 한동안 책도 안 읽고 책과 관련 있는 것은 아무엇도 하지 않았다.

그러다 몇 개월이 지난 어느 날, 아이들이 어렸을 때 읽던 동화책이 눈에 들어왔다. 동물들이 주인공으로 나왔는데, 내용이 유쾌하고 재미있었다. 사람들이 나오지 않으니 감정에 상처가 없어서 책이 잘 읽혔던 것 같다. 그렇게 동화책한 권씩 읽어 나가더니 에세이, 소설책으로 넘어가고 있었다. 그 전보다 유튜브 등을 통해서 책의 정보를 더 많이 접하게 되고 더 많이 읽었다. 책을 읽다 보니 동아리 활동도다시 하게 되었다.

이야기가 시간을 보내거나 분위기를 바꿀 때도 효과가 있지만 어려운 시기에 내 마음을 붙들어주는 힘이 되었다. 여러 가지 이야기가 담긴 책은 당연히 힘든 시기를 건너는 징검다리가 되어 주었다. 오랜 시간 동안 책이랑 다투면서 외면하다가 미련이 남아 뒤돌아 다시 붙잡는 일이 반복되었다. 서로 정이 들었는지 책도 내가 그리워서, 안쓰러워서그렇게 다가왔나 보다.

말을 조리 있게 못 하는 편이어서 책 모임이 끝나면 언제나 아쉬운 1인이다. 똑같은 생각을 유창하게 표현하는 회원들을 보면 부러움을 넘어 질투도 난다. 그렇다고 모임 전에 생각을 정리하고 준비하냐면 그것도 아니다. 그랬더라면 질투는 나에게 큰 힘이 되어 지금쯤 뭐라도 한자리했을 텐데 나의 태생적 게으름으로 거기까지만 부럽고 앞으로 나아가지 못하고 있다.

말은 그렇다 치고 해마다 쓰는 문집의 글도 마찬가지다. 토론이야 시간적 제약이 있어서 그렇다지만 문집 원고는 몇 달 전부터 공지가 나가는데도 미루고 미루다가 마감 하루 전에 후다닥 쓰고 책으로 나오면 낯 뜨거운 적이 몇 년째이던가.

문집이 새로 나오면 내년엔 어떻게든 글 쓰는 연습을 하여 만족하는 결과물이 나오도록 해야지 결심한다. 그러나 일 년이 그냥 지나간다. 문집 원고 공지가 나오고 허둥대다가 마감 독촉에 휘리릭~. 참을 수 없는 이런 나의 게으름은 죽을 때까지 무거운 부담감으로 나를 짓누를 것이다.

회장님과 매니저님의 원고 독촉에 창작의 고통을 호소하며 작가 코스프레를 하고 있지만, 글을 쓰는 짧은 시간 동안만이라도 오롯이 나를 들여다본다. 나와 대화하며 스스로 한계를 보기도 하지만 다 끝낸 다음 나 혼자 그래도 쬐끔 성장했다고 느끼는 뿌듯함이 있다. 이런 과정이 소중한 경험이기에 해마다 한편의 글이라도 쓰려고 애쓰는지도 모른다.

예술을 알아가다

　　며칠 전 기획전시를 본다고 서울의 큰 미술관을 갔다 왔다. 미술관에서 나오다가 고궁 옆 카페 골목을 지나가다 작은 갤러리를 우연히 보았다. 웬일인지 들어가고 싶었다. 원래 낯선 곳은 발도 들이지 않는데 그날은 그곳의 그림들이 분위기가 좋아서 그런지 들어가고 싶었다. "구경 한번 해도 되나요?" 하고 들어가서 그림을 감상했다. 공간이 아담해서 한 번에 둘러보고 오랜 시간을 자세히 볼 수 있어 좋았다. 국내 작가의 회화 작품이 마음을 편하게 했다.

　나와서 몇 걸음 더 가니 다른 갤러리도 있어서 거기에도 가 보았다. 그곳에도 국내 작가의 작품이 전시되어 있었는데 작품의 질감이 독특하면서 보는 사람을 산뜻하고 유쾌하게 했다. 어떤 그림은 맘에 들어 그림을 사고 싶기까지 했지만, 가격은 함부로 물어보면 안 될 것 같아 꾹 참고 얼른

나왔다.

예전에는 이곳을 몇 번 지나가다가 갤러리들을 볼 때마다 내가 갈 수 있는 곳이 아니고 나와는 다른 세계라고 생각했다. 지금은 문을 열고 들어가서 작품을 보고, 사고 싶기도 했으니 많이 발전했다.

내가 달라진 건 두 가지 이유에서다. 첫째는 그동안 여러 전시회를 다니며 나는 예술품과 친밀해졌다. 둘째는 책 모임에서 미술사와 인문학을 배우며, 예술품이 대중들의 사랑받는 정도에 따라 가치가 달라지는 것을 인식하고 예술의 중심을 내 마음으로 돌렸기 때문이다. 인상파 작품이 사람들의 사랑으로 부활한 것처럼.

신화를 읽는다

단군신화나 혁거세 신화를 이해하기 힘든 나는 어린 시절, 집에서 굴러다니던 그리스·로마 신화를 읽어 보려고 노력했다. 도대체 무슨 말인지 하나도 들어오지 않았다. 신들은 너무나 많고 하는 일들은 신의 위엄을 하나도 갖고 있지 않았다. 이 책을 왜들 읽으려고 하는지 이해가 되지 않았다. 인생 끝나기 전에는 언젠가 읽겠지 하고 미뤄 놓았다.

책 모임에서 미술사를 공부했다. 미술작품에 신들이 많이 나오자 다음 책은 자연스럽게 그리스·로마 신화로 정해졌다. 같이 천천히 읽으니 그동안 책에서나 미술품에서 스쳐 지나온 신들이 눈에 들어왔다. 신들의 이야기들 속에 우리의 여러 모습을 담고 있어 공감이 많이 갔다. 서양 사람들이 왜 이 신화를 사랑하고, 아직도 문학작품에 그들의 이야기가 녹아 있는지 이해할 수 있었다. 그리스·로마 신화를 읽으며 로마, 중세, 르네상스로 이어지는 서양사도 읽고 싶었다. 이탈리아도 가보고 싶었다. 조상 덕을 보고 사는 그들이 얼마나 부러운지.

그리스·로마 신화에 이어 북유럽 신화도 같이 읽었다. 올림푸스 신전의 신들이 아직도 익숙하지 않은데 더 생소한 북유럽이라니. 북유럽 신화의 신들은 그리스·로마의 신들보다 더 인간적이고 친밀하게 다가왔다. 그리스·로마 신화가 신과 인간의 경계를 긋고 교훈적이라면 북유럽 신들은 인간 그 자체로 보였다. 특히 다혈질인 토르와 얄미운 로키의 티격태격하는 모습을 보면 너무 웃겨서 근심을 잊곤 했다.

따뜻한 지중해나, 추운 북유럽이나 사람들의 생각은 비슷한가 보다. 그들의 모습을 담은 신화들이 한참 떨어진 극동 아시아 이곳에서 나의 마음을 움직이고 있으니 말이다.

성장하는 우리

　　『친구의 전설』이라는 어린이책이 있다. 자기 자신만 알고 숲속 동물들에게 무관심한 호랑이는 꼬리에 민들레꽃이 피면서 어쩔 수 없이 민들레와 살게 된다. 같이 살면서 호랑이는 정이 많고 따뜻한 마음씨를 가진 꽃에 의해 예전과 다른 모습으로 변하여 숲속 동물들과 친구가 되며 끝을 맺는다. 터무니없는 이야기일지 모르지만, 영향을 주고받는 관계를 생각하기에 충분한 책인 것 같다.

　　나와 책이나 책 모임도 비슷한 관계인 듯하다. 서로 섞일 수 없는 것 같지만 책에 빠지면 헤어 나올 수 없는 사슬에 얽매이는 사이가 된다. 겉으로 보기엔 아닐 거 같지만 우리 책 모임의 색깔도 나의 일부분이 투영되어 있다. 특히 책은 나의 몸과 영혼을 지배하니 호랑이와 민들레보다 더 가까운 사이일 것이다.

내가 책 모임 회원들에게 어떤 영향을 주었는지는 모른다. 하지만 나는 그들과 만남을 이어오면서 많이 달라졌다. 지금 나의 상태에 만족하지 않지만, 책 모임을 시작했던 처음 모습보다는 꽤 성장했다. 책을 읽고 토론하며 나 자신을 계속해서 성찰해 왔다.

『친구의 전설』 이야기 끝에 민들레는 호랑이를 구하기 위해 자기의 꽃씨를 다 날려서 숲속 동물들에게 호랑이의 위치를 알리는 내용이 나온다. 우리의 관계가 처음에는 서툴고 편하지 않았을 것이다. 하지만 회원들의 마음속에 민들레 홀씨 같은 염원이 있어서 우리 모임도 지금까지 함께 할 수 있었다.

#04

#산새

#책 모임은 온전히 나만을 위한 것

낯선 시간과 공간

책은 언제나 주변에 있었다. 그러나 한정된 분야만 읽어서 작은 연못처럼 고인 세계였다. 항상 반복된 생활로 인해 일상이 따분하고 스트레스가 쌓이는 시기였다. 그리고 집에서 생활하는 것을 좋아하는 내가 사람들과의 관계가 필수인 밖의 생활이 그리워질 때였다. 좋아하는 책을 읽고 같이 이야기하고 공감할 수 있는 시간은 없었다.

아직 추위가 남아있는 봄날에 집에서 가까운 도서관이 생겼다. 따분한 일상에 변화를 주고자 독서회 모임을 시작했다. 처음으로 낯선 사람들과 함께하는 모임이었다. 첫 모임은 긴장된 마음으로 참석했다. 책을 좋아하는 여러 사람 속에서 조금은 주눅이 들며 긴장이 되었고, 낯선 분위기와 공간에 적응하기가 쉽지 않았다.

어느 모임이든 시작하면 여러 가지 문제가 생기긴 하지만 그것을 극복하는 것은 힘이 들었다. 단순하게 책에 관해 이야기하고 싶고 가까운 곳에 도서관이 생겨서 갔다. 그런데 모임에 참여하면서 여러 사람과의 관계가 얽히면서 생기는 문제는 생각지도 못했다. 이 모임을 계속해야 하는지 의문이 들었다. 이제 시작인데….

한정된 분야의 책을 읽다가 오랜만에 인문학, 사회과학, 고전 등을 모임에서 접하게 되었다. 그 책들을 읽는 데 많은 시간이 걸리고 이해하는 데 어려움이 있었다. 이전까지 필요 때문에 어쩔 수 없이 책을 읽었던 생활을 반성하게 되었다. 나 자신을 위한 책읽기가 아니었음을 깨달았다.

나의 사적인 첫 모임이라고 할 수 있는 독서회는 시작이 순탄하지 못했다.

후회와 나아감

      첫 독서 모임은 봄날의 시작과 함께했지만, 이 모임에 적응하는 것은 오래 걸렸다. 책을 읽고 사람들과 이야기하고 듣는 것은 즐겁고 낯선 경험이었다. 하지만 이런 모임은 처음이어서 사람들과의 관계로 인해 받는 스트레스와 개인적인 문제로 인해 이 모임을 계속 유지해갈지 아니면 포기하고 접어야 할지 고민이 많았다.

  어쩌다 모임의 대표를 맡게 되면서 계속하게 되었다. 그리고 책 모임도 어느 정도 안정기에 접어들었고 모임에서 읽는 책들도 점점 늘어나고 책읽기의 즐거움도 커졌다. 또 모임에 있는 사람들과의 관계도 어느 정도 익숙해졌다.

  책 모임을 계속하는 중에 도서관 프로그램에서 "쓰기"에 관련된 강좌를 듣게 되었다. 한 발짝 더 나아감이었다. 단순하게 책에 관련해서 쓰기라고 해서 흔한 독후감에 관련된 것으로 생각해서 신청했었다.

그것은 나의 바보 같은 오해였다. 강사분이 시인이었다. 이 강좌는 내가 생각지도 못했던 시 쓰기 강좌였다. 어쩌다 보니 시를 창작하게 된 것이었다. 시는 생각나면 한 번씩 읽기는 했지만, 이런 글쓰기 수업은 초등학교 이후 처음이었다.

강좌에서 시에 대한 전반적인 이론과 시 감상하는 법 등을 배웠다. 시 쓰기 숙제하면서 그에 대한 강사님의 적나라하고 날카로운 비평을 받으면서 좌절했다. 매번 이번만 듣고 그만둬야지 하면서 계속 다녔다. 강좌가 진행될수록 인원이 줄어들었다.

버티고 버텨서 그 결과물인 시집을 보는 내 마음은 기쁘기도 하면서 착잡했다. 조금 더 신경을 써서 시 쓰기를 하지 않은 것과 시 창작 수업을 들으면서 느꼈던 감정과 고민이 생각났기 때문이었다.

시를 쓴다는 것은 어느 정도 자기 경험에서 느꼈던 감정에서 나온다는 것을 알게 되었고, 묵혀두었던 감정의 찌꺼기를 다시 한번 생각해보는 계기가 되었다.

그냥 한 번 해볼까 하는 충동적인 마음으로 시작했던 책 모임으로 인해 시 창작까지 점점 나의 사적인 생활이 다양해지고 있었다.

지금은 책 모임을 하면서 해마다 문집에 서툰 글을 한 편씩 내고 있다. 처음에는 글 쓰는 것이 힘들었지만, 조금씩 익숙해지고 그 결과물인 문집을 보면 한 해가 지나감을 느끼고 있다.

영화의 즐거움

　　　책 모임을 하면서 다양한 분야의 책을 읽고, 독서 토론을 하였다. 국내외의 유명한 책 중에서 영화로 만들어진 것도 많았다. 그리고 책을 읽고 영화도 같이 보고 이야기를 나누었다. 원작이 있는 영화를 보게 되면, 책 내용의 유사함과 다른 부분을 보면서 그 책에 대해 이해가 쉬워진다. 그리고 기억에도 오래 남는 것 같다.

　책 모임에서 움베르토 에코의 『장미의 이름』 책을 읽은 적이 있었다. 이 소설은 1327년 이탈리아 수도원에서 일어난 살인사건을 다룬다. 교황과 황제의 세력 다툼, 프란체스코 수도회와 베네딕트 수도회에 관한 이야기 등이 나온다.

　이 책을 읽기 전에 장 자크 아노 감독이 만든 영화를 먼저 접했다. 처음에는 숀 코너리가 주인공으로 나와서 봤는데 어두운 영화의 화면과 그 당시의 수도회의 분위기, 사건

등을 보면서 잘 이해할 수 없었다. 그 후 책 모임에서 이 책을 같이 읽게 되어서 좋았다. 영화를 볼 때는 그 당시의 배경지식이 하나도 없었기 때문에 영화의 이해도가 떨어졌다. 그리고 같이 책을 읽고 토론하면서 몰랐던 것도 알게 되었다.

영화를 볼 때마다 감동하는 『죽은 시인의 사회』가 있다. '로빈 윌리엄스'가 주인공으로 나온다. 특이하게 영화가 유명해지고 책으로 나온 것이다. 키팅 선생님 같은 분을 학창 시절에 만날 수 있었으면 얼마나 좋았을까 하는 생각을 가지게 했던 영화다. 지금도 다시 보고 싶은 '로빈 윌리엄스'의 영화 중 하나다.

책과 영화는 분야는 다르지만 각각의 즐거움과 감동을 준다. 책을 매개로 한 좋은 영화가 많이 나왔으면 좋겠다. 앞으로 책 모임 동료들과 같이 책을 읽고 영화를 같이 보고 즐겁게 수다를 떨고 싶다.

보는 즐거움

책 모임을 하면서 예술, 특히 미술에 관한 책을 자주 보게 되었다. 미술사에 대해 간략하게나마 알게 되었고 어떤 전시회가 열리는지 관심이 생겼다. 원래 알고 있던 화가는 더욱 잘 알게 되었고, 잘 모르던 현대 미술이 조금은 이해가 되었다. 좋아하는 화가의 전시회가 열리면 직접 보러 가기도 하고 도록도 사고 있다. 예전에는 애들과 방학 숙제를 위해서 전시회를 관람했는데, 지금은 온전히 화가의 작품을 보고 싶은 마음에 전시회를 가고 있다.

책 모임을 통해 만난 분들과 책을 읽고, 전시회도 같이 다니면서 미술품을 보는 안목도 높아지고 다양해졌다. 책에서 봤던 작품들을 실제로 보니 너무 좋았고, 전시회 관람 후 맛집 탐방도 재미가 있었다. 좋아하는 작품들도 보고, 맛있는 음식과 차를 먹고 마시며 피곤한 일상에서 잠시 벗어난 휴식 시간이었다.

최근에는 오랜만에 화젯거리인 전시회를 갔다 왔다. 표 예매를 못 해서 현장 예매해서 전시회를 봤다. 아침 일찍 나섰지만, 표를 예매하는 줄서기부터 힘들었다. 단체로 아침 일찍 전시회를 보러 온 사람들도 있었고, 다정한 노부부, 노년의 친구 모임들, 중·고 학생들 다양한 연령대의 관람객들이 모여있었다. 긴 기다림 끝에 전시회장을 들어가서 작품들을 관람했다. 인왕제색도, 불화, 고려 시대의 종, 이중섭 그림, 조각 등 다양한 작품들을 봤다. 보는 내내 수집품의 방대함에 놀라고 작품을 직접 볼 수 있다는 즐거움이 너무 좋았다.

다음에는 예전처럼 책 모임 분들과 같이 전시회를 관람하고, 작품에 대해 같이 이야기를 나누고 싶다.

나의 책과 굿즈

책모임을 하면서 다양한 책을 만나게 되었다. 재미있고 감동이 있던 책도 있었고, 읽기가 힘들어서 페이지를 넘기는 게 어려웠던 책도 있었다.

원래 책을 읽거나 사들일 때 나만의 규칙 아닌 규칙이 있었다.

첫째, 한번 읽는 책이다. 이것은 오로지 단순하게 재미있게 읽는 스트레스 해소용이다. 그때의 흥미와 기분에 따라 화제작, 로맨스 책, 만화책 등을 골라서 읽었다. 피곤하고 힘들 때 단순하게 생각 없이 읽고 '이젠 기분이 괜찮아, 좋아' 하는 책이다.

둘째, 반복해서 읽는 책이다. 이것은 어려운 과학 분야의 책이나 철학, 고전 등이다. 처음에 읽고 이해가 안 되는 책은 시간을 들여 반복해서 읽을 수밖에 없다. 지루하고 힘들지만 어쩔 수 없다. 한 가지라도 책을 읽고 기억에 남으면 좋은 책이다.

셋째, 소장해서 갖고 싶은 책이다. 여기에 속하는 책은 온전히 나의 취미생활을 위한 책도 있고, 읽었을 때 재미도 있고 책의 여운이 오래가는 책이다. 그래서 소장해서 다시 한번 읽기도 하고 바라보기만 해도 좋은 책이다.

독서 모임 활동 전에는 이런 기준으로 책을 읽고 구매했다. 그러다 보니 나의 독서 습관은 좁고 편협했다. 그런데 모임을 하면서 이런 기준은 조금씩 무너졌다. 독서 모임을 통해 처음 접하는 분야도 있었다. 새로운 분야의 책을 읽는 것은 처음에 힘들었지만 조금씩 익숙해졌다. 책을 사는 것도 많아져 다양한 독서 취향을 가지게 되었다.

보통 한 달에 한 번 책을 샀는데, 어느 순간 아이들의 책보다 내가 읽고 싶고, 읽어야 했던 책 위주로 사들이게 되었다. 인터넷으로 책을 사면서 따라오는 굿즈의 세계를 접하는 계기가 되었다.

어릴 때 추억의 캐릭터인 스누피, 빨강머리 앤, 셜록 등 다양한 캐릭터와 종류들은 마음에 무척 들었다. 그중에서 꾸준히 모으는 캐릭터도 몇 개 생겼다. 그중에서 가장 마음에 드는 것은 머그잔 종류들이다. 다양한 색과 크기, 캐릭터 등 무엇보다 실용성은 최고다. 자주 컵을 깨서 없애는 우리 집에서는 말이다. 굿즈의 세계는 다채로웠다.

요즘은 책보다 굿즈 위주로 사는 것 같아서 자제하고 있다. 앞으로 책과 함께 어떤 굿즈가 나올지 기대된다. 어쨌든 굿즈를 사용하며 볼 때마다 기분은 좋다!!!

보물찾기 도서관

나의 첫 도서관은 학교 도서관이다. 어렸을 때 집에 있는 책들은 내가 읽을 수 없는 어려운 것이었다. 동네에 하나 있던 도서관은 혼자 가서 책을 읽고 빌리기에는 너무 멀었다. 그래서 학교에서 책을 빌려보았다.

지금의 학교 도서관처럼 다양한 책들이 있는 것은 아니었지만 책이 귀했던 그 당시에는 나에게는 보물 상자에서 보물을 꺼내는 것 같았다. 서점에 갈 때마다 책을 미리 훑어서 보고 용돈을 모아 그 책을 하나씩 사들였다. 책이 늘어날 때마다 얼마나 흐뭇했는지 모른다.

동네에 도서관이 생긴 후 도서관 강의도 듣고, 책 모임에 가입해서 여러 가지 활동하고 있다. 예전보다는 다양한 분야의 책도 읽고, 다른 사람의 의견도 들으면서 점점 배워가는 삶을 즐기고 있다. 도서관에서 아주 마음에 드는 책을 발견하고 읽을 때는 우울한 마음도 사라지고 즐거워진다.

지금은 도서관에서 단순히 책만 빌려보는 것만이 아니고, 다양한 프로그램을 이용해 배우고, 강의 등을 들으면서 나의 보물찾기는 계속되고 있다. 도서관은 앞으로도 내 생활의 일부로 자리 잡을 것이다

차와 휴식

　　나의 첫 카페는 학교 안에 있던 커피자판기였다. 그 당시 학교 주변에는 밭만 있고, 주변에 상가 시설은 하나도 없었다. 공부하다가 배고프거나 휴식을 취하고 싶으면, 유일하게 있던 커피자판기에서 커피나 율무차를 뽑아서 먹었다. 자율학습 중간에 먹는 커피는 꿀맛이었다.

　　점차 시대가 발전되고 바뀌면서 거리 곳곳에 체인점 카페와 개인 카페들이 많이 생겨났다. 카페마다 다양한 음료와 케이크 등을 판매해서 취향에 맞는 커피와 음료수를 먹게 되었다. 잠시 들려서 쉬어가는 휴식처였다.

　　책 모임을 하면서 동네에 있는 카페를 자주 이용하게 되었다. 책을 읽고, 토론하고, 신변잡기에 관련 수다도 떨고 그 당시 유행하거나 관심사에 대해 서로 이야기하면서 모임을 했다. 그리고 창밖으로 보이는 풍경이 계절에 따라 달라지는 모습도 눈에 들어왔다. 책 모임을 위해 동네 곳곳에 있는 카페를 다니며 마시는 음료와 계절에 따라 변화되는 공간의 느낌이 좋았다.

지금은 책 모임이 온라인으로 바뀌고, 예전의 모임의 성격과 많이 달라졌다. 책 모임을 위해 준비하며 설레던 마음은 조금 줄어들었다. 그래서 그때의 추억이 더 소중하게 와닿고 있다. 다시 일상처럼 만나서 책 모임을 할 수 있는 그날이 오기를 바란다. 책을 읽으면서 차를 마시는 만남은 언제나 즐겁다.

슬럼프 벗어나기

요즘 TV나 책 등에서 유명 인물들의 성공사례와 더불어 슬럼프, 또는 실패 경험담을 보게 된다. 그것을 보고 드는 생각은 그들에 대해 공감이 되기도 하지만, 이해되지 않기도 한다. 그것은 그 사람들의 겪은 상황과 마음가짐이 내가 처한 현실과 받아들이는 방식과 마음가짐이 다르기 때문이다.

어릴 때는 그 시기가 슬럼프인지 모르고 지나갔지만, 지금은 어느 정도 나이가 들면서 이게 슬럼프인지 아닌지를 구분하게 되었다는 점이 다를 뿐이었다. 그리고 슬럼프는 일상적인 생활에 많은 영향을 준다.

온전히 나만 있었을 때는 좋아하는 한 가지에 몰입해서 그 긴 시간을 지나왔다. 다른 것은 신경 쓰지 않고 좋아하는 것에 일부러 더 집착해서 벗어났다.

지금은 슬럼프가 오게 되면 육체적, 정신적으로 극복하기가 더 늦어지고 있다. 나이 듦에 따라 힘들어지고 있다. 그래서 억지로 벗어나려 하지 않고 있다.

가끔 찾아오는 슬럼프를 극복하기 위해서 행복하고 즐거운 추억을 차곡차곡 저축하려고 노력하고 있다. 그리고 가끔 마음이 맞는 지인이나 친구들과 한바탕 수다를 떨고 좋아하는 책, 특히 만화책을 읽거나 영화를 보면서 벗어나려고 하고 있다.

그러면 *'이 또한 지나가리라'*

훗날, 이것도 추억으로 쌓이겠지 하면서 말이다.

관계의 소중함

      관계란 나에겐 참 어려운 말이다. 사람과의 관계는 쉬울 수도 있고, 유쾌하기도 하고 즐겁기도 하고 짜증이 나고 어렵다. 그리고 그 관계의 맺고 끊음이 쉽지 않고 모호해지면서 피곤해진다.

  사람들과 관계를 맺을 때는 항상 조심스럽고, 머뭇거리게 되고 관찰자의 시선으로 바라보게 된다. 한마디로 까다롭다. 그래서 사회생활을 할 때 피곤한 성격이다.

  고슴도치가 가시를 세운 것처럼 '건들지 마'도 아니고 말이다. 나이가 들면서 사회성이 조금은 나아졌지만, 여전히 사람과의 관계는 어려운 숙제와 같다.

  그런데, 책과의 관계는 즐거움과 행복을 느낀다. 좋아하는 책을 읽으면서 느끼는 감정은 다른 관계보다 훨씬 좋다. 책을 읽고 난 후 즐겁기도 하고 위로받기도 한다. 그리고 소소하게 모으는 책들이 있다. 그 책들이 책장에 하나씩 모여 숫자가 늘어나는 모습을 보면 너무 즐겁다.

　책 모임은 처음으로 온전히 나만을 위한 것이었다. 그전까지는 내 개인을 위한 시간 시간이 부족했다. 좋아하는 책을 매개로 만나서 책을 읽고 토론하고 이야기하며 지내는 시간이 이렇게 좋을지 몰랐다. 그래서 책 모임을 하면서 몇 번의 중도 포기의 위기의 순간이 있었지만 견디고 꾸준히 하고 있다. 지금은 나의 생활에 즐거움과 활력을 주고 있다. 그리고 사람들과의 관계도 유해지고 있다.

　앞으로도 좋아하는 책을 읽고, 배우면서 사람들과의 관계 맺음에 대해 좀 더 너그러워지고 일상생활의 소중함을 느끼며 살아가고 싶다.

아직은 비밀

모임에서 사람들이 자기소개할 때 취향 또는 취미를 말하는 것을 보게 된다. 그런데 나에게 그것을 물어보면 난감하다. 확고하게 어떤 것이 좋다고 생각되는 것이 없기 때문이다.

이제까지 책을 읽는 방식도 보면 그때의 호기심에 따라 그 분야의 책만 계속해서 읽었다. 어릴 때는 한 분야의 책에 꽂혀서 읽었기 때문이다. 위인전, 역사책, 그리스 신화 등이 있다. TV에 나왔던 타잔 영화를 재밌게 봤다. 그래서 이모네 집에 타잔 시리즈 양장본으로 된 책을 빌려 보기도 했다. 글씨가 너무 작아 읽으려면 시간이 오래 걸렸었다.

추리소설에 빠져 셜록 홈스 시리즈와 애거사 크리스티 책을 보기도 했다. 한동안 에드거 앨런 포의 『검은 고양이』을 읽고 잠을 설치고, 고양이를 피해 다녔다. 지금은 공포소설이나 영화에 대해 면역력이 생겨서 곧잘 보고 있다.

지금은 책 모임을 통해 다양한 분야의 책을 읽게 되었고, 책에 대한 편식이 많이 줄었다. 어릴 때부터 지금까지 꾸준히 좋아하는 책은 만화책이다. 친구 따라 처음 가본 만화방에서 보던 만화책을 지금까지 좋아하게 될지 몰랐다.

가끔, 예전에 나왔던 만화책들이 새로 재출간되고 있다. 그래서 강경옥, 황미나, 신일숙, 김혜린 등 좋아하던 만화가의 책들을 하나씩 사고 있다. 책장에 나란히 놓여 있는 모습을 보면 기분이 좋다. 점점 책장에서 만화책의 자리가 넓어지고 있다.

만화책은 언제나 다시 읽어도 여전히 재미있어서 좋고, 예전에 만화방에서 친구들과 같이 봤던 즐거운 추억도 생각난다. 만화책을 읽으면 시간도 금방 지나고, 스트레스 풀기에도 좋다. 그러나 대놓고 '나의 책 읽는 취향은 만화책 읽기에요'는 아직은 비밀이다.

글쓰기는 힘들다

보통 글쓰기라고 하면 독후감과 일기를 생각한다. 독후감은 일반적으로 책을 읽고 그 책에 대한 감상과 줄거리를 쓴다. 그리고 일기를 꾸준히 쓰면 글쓰기 실력도 좋아진다고 말한다. 이 두 가지는 학창 시절을 끝으로 상관없는 일이다. 일기는 성인이 된 후 쓰지 않고 있다. 가끔 성인이 된 후에도 꾸준하게 쓰는 사람을 보면 대단하다고 생각된다.

책 모임에서 갑자기 글을 쓰게 되었다. 책을 읽고 그 책에 관한 토론을 하는 줄 알았는데, 문집을 내야 한다고 했다. 책 모임 초반에는 책을 읽는 것도 한동안 고역이었다. 책의 내용을 눈으로 보고 머릿속에 들어오지 않아 고생했다. 그런데, 책에 대한 글쓰기라고? 막막했다.

처음으로 글을 쓰면서, 몇 번이나 고치고 고쳐서 글을 완

성했다. 첫 문집이 나온 후 다른 사람들의 글을 읽고, 감탄하기도 하고 내가 쓴 글에 대한 부족한 점도 보였다.

책 모임이 어느덧 연차가 쌓이면서, 읽기의 즐거움에서 글쓰기에 관한 이야기도 자주 나오게 되었다. 책에 대한 서평이나 리뷰가 아닌 책 모임을 하면서 느꼈던 감정이나 경험을 써 보자고 하는 에세이 글쓰기가 시작되었다. 또 하나의 글쓰기가 추가된 것이다.

요즘 글쓰기에 관한 대형출판사 책들도 있고 독립 출판사에서도 많이 나오고 있다. 그리고 다양한 작가들의 글쓰기에 대해 자유롭게 표현한 책들도 많아졌다. 특히, 그림 에세이로 나온 책들을 눈여겨보고 있다. 그림 에세이책은 글밥이 적고 그림 위주로 되어 있어서 읽기에도 편했다.

글쓰기를 하면서 예전에 처음으로 문집 만들기를 했던 때가 생각났다. 이 글쓰기를 하자고 맨 처음 말해 준 그분의 행동력을 칭찬한다. 가끔은 따라가기가 버겁지만 새로운 추억을 가지게 해줘 고맙다고 말하고 싶다.

변화는 힘들다

세상이 점점 빠르게 변화하고 있다. 인터넷 쇼핑보다 직접 가서 물건을 보고 사는 것이 익숙한데 어느덧 인터넷 쇼핑이 주가 되고, 비대면으로 택배를 받는 것이 일상이 되었다. 처음에는 어려웠지만, 지인들의 도움으로 하나씩 적응해 나갔다.

책 모임도 오프라인을 할 수 없게 돼서 말로만 듣던 화상회의 앱을 통해 온라인으로 이어지고 있다. 처음 온라인으로 할 때는 익숙하지 않아서 힘들었지만, 책모임을 계속할 수 있어서 좋았다.

장점은 집에서 편안하게 할 수 있는 것이고, 단점은 책 모임 후에 간단한 점심이나 차를 마시면서 책에 관한 토론을 이어가던 소소한 즐거움이 사라졌다.

이 온택트 생활에 빠르게 적응하는 사람들도 있고 더디게 적응하는 사람들도 있다. 나는 여전히 후자에 가깝다. 아직도 e북보다 종이책의 질감이 좋고, 필기구로 쓰는 것이 좋다. 조금씩 변화에 적응하면서 성장하는 모습도 기대되고 있다.

현재 책 모임은 온라인 모임과 함께 대면 모임을 조금씩 하고 있다. 이 책 모임을 유지하기 위한 모임 분들의 노력과 뒤에서 궂은일을 마다하지 않고 열심히 하시는 임원들께 고맙다고 말하고 싶다.

이 책 모임을 통한 다양한 활동으로 점점 배우고 성장하고 있다. 앞으로 주변의 환경에 맞춰서 어디까지 변화하는 책 모임이 될지 기대가 크다.

#05

#지니

#나를 위한 시간

책으로 함께하는 연대

몇 년 전 연고도 없는 이곳, 서울 인근으로 이사를 오게 됐다. 세 아이를 키우는 맞벌이라서 직장과 가까운 곳으로 정한 것이다. 새로 옮겨진 생활환경은 낯설었지만, 이 작은 도시에는 내가 만족할 만한 요소들이 다 있었다. 나름 숲세권이고, 봄이면 벚꽃이 만개하는 천변, 푸르른 넓은 잔디가 있는 공원, 다양한 예술 공연과 전시가 열리는 시민회관 그리고 집 주변 곳곳에는 공공도서관들과 작은 도서관들이 있었다.

이사 오기 전에는 하루 3시간 가까이 출퇴근 시간을 쏟아 부었는데 막상 직장과 가까운 곳으로 이사를 오니깐 재택근무를 하게 됐다. 안타깝지만 아직 출퇴근 시간 단축에 대한 실감은 못 하고 있다. 당시 직장 생활은 11년 차에 접어들었고 육아도 7년 차에 돌도 안 된 셋째를 보면서 정신

없이 바쁜 생활을 보내고 있었다. 회사에서는 빠른 복직을 바라는 권유가 있었지만 세 아이를 두고 복귀하기에는 힘든 상황이었다. 그래서 셋째 육아휴직 중 이어서 재택근무를 신청하게 된 것이다. 재택근무 사유는 '일과 육아의 양립'이 라고 했지만 사실 나를 위한 시간을 좀 더 갖고 싶은 마음 도 있었다.

연고가 없는 이 새로운 도시에서 새로운 만남을 위해 지역 커뮤니티를 찾아보았다. 자연스럽게 어울릴 수 있는 모임이 뭐가 있을까? 내가 힘들거나 지칠 때 찾게 되던 '책' 이 매개체가 됐으면 좋겠다고 생각했다. 이사하기 전에 살 던 지역에는 공공도서관 시설이 잘되어 있었다. 전보 발령 나기 전 회사 근처에는 매주 수요일이면 이동도서관 버스가 와서 책을 빌릴 수 있었다. 반갑게도 새로 이사한 이곳에도 큰 규모의 공공도서관들이 곳곳에 있었다. 마침 집에서 가 까운 도서관에서 독서 회원을 모집하는 중이었고, 현재까지 좋은 인연들과 함께 7년째 책 모임을 하고 있다.

작은 도시지만 서로 다른 동네에 다른 환경 속에서 살아 온 회원들의 조합은 다채로웠다. 같은 책을 읽고도 어쩜 이 렇게 다양한 생각들과 시선들이 있는지. 모임이 있을 때마 다 오늘은 어떤 이야기를 나누게 될지 기대감을 가득 안고

참석하게 된다. 직장생활을 하면서 주로 읽었던 책은 자기 계발서 같은 실용서 위주였고, 육아하면서 자연스럽게 읽게 된 책은 육아서나 교육서였다. 책 모임을 하면서 읽게 된 책들은 대부분 문학 작품이었다. 10대 성장기 시절 이후에 문학 작품은 거의 읽어보지 못했다.

책 모임을 통해서 다시 읽게 된 문학 작품은 15년간 잠 재워져 있던 나의 감성과 감각을 일깨워줬고, 진지하게 내면의 세계를 들여다볼 수 있는 시간을 주었다. 하루 중 유일하게 나만의 시간을 보낼 수 있는 책 모임은 그렇게 오늘도 소중하게 이어가고 있다.

삶 속의 예술

　　책 모임을 시작하고 도서관을 자주 드나들기 시작했다. 도서관에서는 다양한 강좌가 열리고 있었다. 처음에는 주로 아이들 교육에 도움 되는 강좌를 듣다가 평소에 관심 두고 있던 예술 분야 강좌들을 듣게 되었다. 세계 유명 박물관을 소개하는 도슨트 수업을 시작으로 현대미술 작품을 연대순으로 소개하는 현대미술사 수업, 예술 분야에 특화된 도서관에서 진행하는 인문학 특강들을 들었다.

　예술 분야의 다양한 수업을 들었지만 좀 더 체계적으로 깊이 있게 공부해 보고 싶었다. 마침 책 모임에서도 관심 있는 회원들이 있어서 의견을 나누고 서브 모임을 만들기로 했다. 또 다른 의미 있는 모임이 생긴 것이다. 인생은 길이가 아닌 깊이로 측정된다고 하지 않았나. 우리 모임의 시작은 미비했지만, 회원들 특유의 추진력과 열정으로 알차게

꾸려나가고 있다.

서브 모임의 첫 책인 곰브리치 『서양미술사』를 시작으로 『알랭 드 보통의 영혼의 미술관』, 『세계에서 가장 아름다운 미술관 100』, 『세계 100대 작품으로 만나는 현대미술강의』를 함께 읽으며 서양미술의 전체적인 흐름을 파악할 수 있었다. 아는 만큼 보인다고 이제는 전시 관람을 하게 되면 작품 속 화가의 언어를 어느 정도 이해할 수 있게 되었다. 하지만 현대미술은 아직도 난해한 숙제로 남아있다. 여전히 현대미술은 예술을 새로 정의하고 확장하는 과정이기에 더욱 그러하다.

그러면 예술은 우리 삶과 어떻게 연결 지을 수 있을까? 예술은 반복되는 일상에서 벗어나 새로운 상상을 가능하게 하고, 이전과는 다른 각도로 세상을 바라보게 한다. 예술은 더 이상 소수만이 향유하는 그들만의 리그가 아니다. 관심만 있다면 누구나 경험하고 누릴 수 있는 것이다. 앞으로도 예술이 누구에게나 자연스럽게 삶 속에 스며들기를 바란다.

오늘의 독서 브금

일상에서 책과 더불어 빼놓을 수 없는 한 가지가 있다. 바로 음악이다. 음악은 하루의 시작과 끝을 풍요롭게 해준다. 고단한 하루를 보낸 움츠린 어깨를 펼 수 있게 해주고, 따뜻한 위안을 주기도 한다.

평소에 책을 읽을 때 음악을 듣는다. 예전에는 음악 스트리밍 서비스로 나만의 플레이리스트를 만들어서 들었는데 요즘에는 유튜브 음악 채널을 이용한다. 다양한 음악들을 테마별로 믹스해서 서비스를 제공하기 때문에 내가 듣고 싶은 주제를 선택해서 들으면 된다. 굳이 발품을 팔 필요 없이 선곡 맛집에서 취향껏 고르면 되는 일이다.

가끔은 한 곡을 무한 반복 재생하기도 한다. 영화나 공연 또는 우연히 보게 된 영상에서 흘러나오는 어떤 음악은 강한 인상으로 한동안 빠져있게 만든다. 최근에 무한 반복 재생하고 있는 음악은 앙드레 가뇽의 피아노 연주곡이다.

앙드레 가뇽 연주곡은 서정적이고 좋지만 사실 영상 매체에서 자주 노출된 음악이라 평소 나에게는 식상하게 들렸다. 하지만 앰비규어스댄스컴퍼니 공연을 보고 앙드레 가뇽의 피아노 연주를 다시 찾아 듣게 됐다.

『실수』 작품에서 앙드레 가뇽의 '죽은 누이를 위하여' 곡이 흘러나왔다. 세 명의 무용수들은 실수한 자신에 대해 끝없는 자책을 아름다운 피아노 선율과는 대비되는 극한의 움직임과 서로를 향한 몸짓으로 표현했다. 우리는 모두 살면서 실수를 하고, 어려움을 겪으며, 과거의 일을 후회하기도 한다. 같은 아픔을 짊어진 나 역시 그들의 몸짓에 위로를 받는 시간이었다.

이 곡은 춤으로 이미지화되어 시간이 지나도 진한 여운이 남았다. 무용수들의 춤과 몸짓이 말과 글을 넘는 또 다른 언어가 된 것이다. 오늘도 독서 브금으로 앙드레 가뇽의 연주곡을 들으며 책 속으로 빠져든다.

최고의 이야기꾼 가르시아 마르케스

　　　　　10대 시절 나의 인문학 길잡이가 되어준 분이 계시다. 다양한 책, 음악, 영화를 소개해 주셨고 지금도 내 인생 아이템들은 그때 그 시절 그분이 소개해준 것들이다. 책이 대부분이었는데 고전부터 현대에 이르는 다양한 문학 작품들을 보내주셨다. 하지만 난 책보다 영화와 팝 음악에 관심이 많았고, 인문학 선생님이 보내주신 책은 다 읽지 못하고 얇은 책 몇 권만 겨우 읽었다.

　　그때 『백 년 동안의 고독』이라는 책이 눈에 들어왔다. 다른 책들보다 압도적인 두께감 때문이었다. 작가 이름은 읽기에도 생소한 '가브리엘 가르시아 마르케스'였다. 몇 번 반복해서 읽다 보니 이름에 리듬감이 느껴져 금방 외울 수 있었다. 호기심에 책장을 '쫘르륵' 넘기며 훑어보았다. 독특하게 첫 장에 집안의 가계도가 그려져 있었다.

책장을 한두 장 넘기면서 어느 순간 이야기 속에 푹 빠져들었던 기억이 난다. 그동안 본 적 없는 현실과 환상이 뒤섞여 있는 혼돈 속에서 황당한 일들이 일어나고 똑같은 이름의 수많은 인물이 나와 가계도를 몇 번이나 반복해서 봤는지 모른다. 초현실적이면서도 전통적인 리얼리즘이 있는 '마술적 사실주의'로 이야기를 미친 듯이 이끌어갔다.

가르시아 마르케스의 두 번째 만남은 책 모임을 통해서다. 가르시아 마르케스의 첫 만남이 워낙 강렬했기에 『콜레라 시대의 사랑』은 어떨지 기대감이 있었다. 이 소설은 내전과 콜레라가 확산하는 시대에 변하지 않는 사랑에 대한 러브 스토리지만, 이야기의 또 다른 층에서는 라틴아메리카 사회의 시대착오적인 삶의 모습을 보여준다. 가르시아 마르케스 특유의 '마술적 사실주의'가 부각되진 않았지만, 삶의 다양한 의미를 담고 있는 소설이다.

가브리엘 마르케스는 '마술적 사실주의'의 신비로운 이야기와 기법으로 라틴아메리카 문학에 눈을 뜨게 해 주었다. 가르시아 마르케스의 이야기 힘은 언어를 뛰어넘고, 책의 두께도 뛰어넘는 매력이 있다.

영화와 소설 속 인생 이야기

책 모임에서 영화화된 소설을 주제로 읽었던 책 중에 테드 창의 『당신 인생의 이야기』가 있다. 이 책의 표제작인 『네 인생의 이야기』는 테드 창에게 네뷸라상을 안겨주었고, 『컨택트』라는 제목으로 영화화되었다. 영화를 보고 여운이 많이 남았기에 원작에 대한 기대가 높았다.

우선 영화는 주인공 루이스의 차분한 내레이션으로 시작한다. 엄마와 아기가 함께 하는 장면을 보여주고 아기는 어느새 귀엽고 사랑스러운 소녀로 자라 엄마에게 사랑한다고 말한다. 시간이 흘러 엄마에게 사랑한다고 애교 넘치게 말하던 아이는 어느 순간 엄마가 밉다며 가시 돋친 말을 쏟아낸다.

영화의 시작 장면은 아이가 성장하는 과정을 지켜보면서 느끼는 벅차오르는 감정과 또 한편으로는 엄마와 딸의 현실적인 관계를 보여주는 듯해서 인상적이었다. 어쩌면 나의 과거, 현재, 미래의 모습을 비추는 것 같아서 영화의 시작부터 몰입하게 됐는지 모른다. 나도 누군가의 딸이고, 누군가의 엄마이기에.

영화와 원작을 비교했을 때 테드 창의 원작은 영화보다 좀 더 논리적인 구조가 치밀했다. 언어학과 물리학 같은 과학적인 요소들이 문학적인 소설 속에 잘 녹아 있었다. 어려운 내용이지만 외계인 '헵타포드'의 언어를 분석하고 시간 개념에 대한 변분 원리, 목적론적인 사고에 대해 자세히 묘사되어 있어 다분히 지적 욕구를 충족시키는 과학적인 소설이었다.

이에 반해 영화는 감성적이고 감각적인 요소들이 많았다. 영상 매체이기 때문에 이미지와 음향, 스케일로 압도하는 부분이 있었고, 배우들의 연기도 뛰어났다. 복잡하고 어려울 수 있는 이야기를 서사적으로 잘 풀어낸 감독의 역량이 돋보였다.

책 모임에서 함께 나눴던 이야기들도 기억에 남는다. 나의 비극적인 미래를 미리 알게 된다면 그 결정을 그대로 받아들일 것인지, 아니면 현재 다른 선택으로 미래의 결정을 바꿀 것인지에 대한 논제였다. 다양한 의견이 나왔고 다수의 결론은 현재에 충실하자는 내용이었다.

모든 인간은 미래를 알고자 하는 욕망이 있다. 하지만 우리는 미래를 알지 못하기 때문에 자유의지를 갖고 현재를 더 소중하게 바라보는 게 아닐까 생각한다. 테드 창이 말하고자 하는 철학적인 사유와 통찰이 와 닿았던 멋지고 감동의 여운이 있는 영화와 소설이었다.

#06

#나무

#책을 함께 읽습니다

행복한 책 모임

시작은 도서관이었다. 고등학교를 졸업할 때까지 동네에 시립도서관이 하나 있었다. 집에서 버스를 타거나 한참을 걸어가야 해서 자주 이용하지는 못했다. 지금은 6곳의 공공도서관과 작은 도서관 50곳이 있다. 이제는 어느 곳이든 도서관을 만날 수 있는 동네가 되었다. 어릴 적부터 책을 좋아했지만, 도서관을 본격적으로 이용하기 시작한 건 대학교 때부터이다. 친구가 대학 도서관에서 아르바이트하자 우리의 아지트는 도서관이 되었다. 책을 좋아했던 나는 카페와 pc방보다 더 자주 가는 곳이 되었다.

다른 일을 하면서 도서관과 책을 잊고 살았다. 집 가까운 곳 도서관에서 독서회를 모집한다는 공고를 보게 되었다. 한동안 잊고 지냈던 도서관에 대한 향수와 새로 무언가를 하고 싶다는 생각으로 독서 모임에 들어갔다. 그렇게 나의 첫 책 모임이 시작되었다. 다양한 분야의 책을 읽고 낯선 사람들과 이야기했다. 매달 두 번의 만남은 꾸준히 책 읽는 힘을 기르게 해줬다. 책으로 이야기 나누는 시간이 기대되고 내 일상이 조금씩 활기를 찾아갔다.

첫 독서 모임을 몇 년 동안 잘 유지하며 지냈다. 이 모임의 회원들이 두 번째 모임을 만들었다. 서양미술사로 시작해 인문학으로 점차 범위를 넓혀가고 있었다. 나는 그리스·로마 신화 읽기부터 합류했다. 처음의 독서회는 각자 책을 읽고 발제문을 만들어 이야기를 나눈다. 두 번째는 한 권의 책을 함께 읽어나가는 모임이다. 모임의 성격은 다르지만, 책을 좋아하고 이야기 나누는 공통점이 있다.

친구 따라 도서관에 갔다가 책을 더 아끼며 그 공간에서 행복했다. 삶의 작은 변화는 이렇게 소소한 인연에 따라 변화되고 새로 시작된다. 집 가까운 곳 도서관이 있지 않았다면 나의 책 모임은 시작조차 못 했다. 도서관이라는 따뜻한 기억의 공간은 나를 안정시키고 마음을 위로해 주었다. 그리고 새로 시작할 수 있게 도움닫기가 되어 준 곳이다.

행복은 거대하고 멀리 있는 것이 아니다. 서로 마주 보며 이야기 나누는 책 읽는 시간이 행복한 하루하루를 만든다. 혼자 읽기에서 함께 읽기로 생각의 폭이 넓어졌다. 어렵고 읽기 힘든 벽돌 책, 철학책, 예술서 읽는 맛을 알게 해줬다. 서로의 취향을 존중하며 타인의 말과 행동을 경청하며 이해한다. 코로나19라는 힘든 시기를 버티고 위로해 준 것도 책과 사람들이다. 따뜻한 위로와 연대하는 책 모임이 곁에 있어 내 삶은 조금씩 나아간다.

왜 신화인가

　　　우리는 신화를 읽는다. 인공지능 최첨단의 스마트 시대에 왜 다시 신화를 읽을까? 이 물음은 우리의 첫 책인 곰브리치 『서양미술사』에서 시작되었다. 『서양미술사』를 읽으면서 서양문명의 시작점이 그리스·로마 신화라는 것을 알게 되었다고, 신화 책을 정독해야겠다는 의견이 모였다. 나는 『서양미술사』를 함께 못한 아쉬움이 컸었다. 두 번째 책이 『미솔로지』로 정해지자 바로 참여했다. 그동안 신화를 읽고 싶은 내 작은 소원을 이룰 수 있겠다 싶었다. 몇 번을 혼자서 읽다가 접어놓은 책을 함께 읽고 이야기 나누었다. 어려웠던 신화의 세계가 조금은 가깝게 느껴졌다.

　　그리스·로마 신화는 오늘날까지 계속 이어진다. 사람들은 신화를 통해 이야기와 예술을 재생산한다. 그리스·로마 신화의 이야기는 과거와 현재, 신과 사람을 연결한다. 그 시작점은 프로메테우스로부터 시작된다. 프로메테우스는 인간에 불을 주었다는 형벌로 간을 쪼이며 고통의 쇠사슬에 묶였지만, 그 해방 역시 선택받은 인간 헤라클레스로 인해 벗어날 수 있었다. 신화가 신들의 놀음이 아닌 인간과 함께 이루어 나가는 것을 의미한다. 수많은 신들과 인간들이 만든 이야기를 통해 우리가 겪게 될 착오와 실수들 그 인내를 배울 수 있었다.

예술가들에게 무한한 영감을 주고 르네상스를 꽃피웠던 신화의 힘을 제대로 마주했다. 때로는 너무 무시무시하고 잔인하고 어떨 때는 자비를 그러다 질투와 욕망으로 할 수 있는 모든 일을 하는 신들을 보게 되었다. 인간을 향한 그들의 선택에서 신을 이해하는 것조차 용납할 수 없다는 것을 느꼈다. 고난과 역경을 이겨내는 영웅들의 이야기 또한 신들이 인간에게 주는 자비라는 것을 신화는 말하고 있다. 그래도 결국 인간들이 원하는 것을 알려주고 보살펴 주는 것도 신들이었다. 신과 인간이 함께 만들어 간 이야기가 결국 『미솔로지』가 되어 오늘날까지 전해진 것은 아닐까.

인생이 지치고, 힘들 때, 모든 게 가짜 같고 진실이 보이지 않을 때 신화로 들어가 보라. 너무 황당해서 현실 같지 않아 구름 위에 둥둥 떠다니는 느낌이 들 것이다. 그래도 포기하지 말고 계속 읽어 가면 어느 순간 힘이 나고 선명해진다. 상상과 허구의 절벽에서 뛰어내려도 신들의 손안에 있을 것이다. 그러니 두려움을 버리고 신화 안에서 맘껏 날아다니고 헤엄치며 하늘 위, 바다 끝까지 내려가 보자. 고대 먼 과거에서 현재를 넘어 미래를 꿈꾸게 한다. 신화 읽기를 통해 우리도 작은 날개가 생겼다.

나의 오만과 편견

　　『오만과 편견』은 제인 오스틴의 소설 중 빼놓을 수 없는 고전 중의 고전이다. 책 모임에서 고전 읽기가 정해지자 이 책도 선정되었다. 벌써 여러 번 읽어 더 이상 할 이야기가 없을 줄 알았다. 그런데 그건 역시 나의 오만이고 편견이었다.

　　고전은 현재까지도 꾸준히 사람들에게 읽히는 책이다. 수많은 책이 나왔다 사라졌지만, 그중에서도 인생 책이라 말할 수 있는 책은 고전들이 자리 잡고 있다. 고전이라 불리는 책은 내가 읽는 시기에 따라 그 의미와 해석이 더 풍부해진다.

　　전에 혼자 읽을 때는 『오만과 편견』의 여자 주인공 엘리자베스와 남자 주인공 다아시의 이야기에 집중했다. 그 둘의 오해와 결말에 초점을 맞췄다. 고전 연애소설이라는 이름에 맞게 인물 간의 갈등과 사랑 이야기에만 빠져 읽었다.

하지만 함께 읽자, 더 다양한 이야기가 나왔다. 내가 생각지 못했던 사고와 가치관에 대해 여러 이야기가 나왔다. 책 속에 이렇게 인물들이 많았나 싶은 정도로 다양한 인물 묘사와 그들을 대변해 주는 썰들의 향연이 놀라웠다.

모임의 구성원들이 바뀌면 또 달라진다. 각기 새로운 주제와 이야기로 변화무쌍하다. 이 책을 바라보는 시선들이 새롭고 흥미로웠다. 그 시대의 여성과 남성, 가족, 계급을 대하는 분위기도 달라졌다. 고전과 현대의 묘한 콜라보가 이루어진다.

책 모임을 통해 혼자 읽기의 오만과 편견이 깨졌다. 스토리에 갇혀 보이지 않던 장면들, 문장과 문장 사이의 미묘한 신경전, 내가 놓쳤던 인물들까지 알게 되었다. 한 권의 책을 혼자 읽고 생각하는 것보다 함께 읽고 이야기 나누니 이해와 감상의 폭이 넓어졌다. 오늘도 함께 읽기로 내 삶이 깊어진다.

보통의 예술과 철학

　　'사과나무' 모임에서 작가 시리즈를 통해 알게 된
알랭 드 보통. 일명 '보통씨'라 부른다. 워낙 유명세가 있는
작가라 이름은 들어 본 작가였다. 내가 즐겨 읽는 소설류의
작가는 아니었다. 사실, 작가의 이름부터 지식인의 향이 품
기는 뭔가 지적이고 철학적인 심오한 책을 쓴다는 인식이
컸다. 그래서 나에겐 어려운 작가였다. 내 취향의 작가가
결코 아니었다.

　『영혼의 미술관』이라는 보통씨의 책을 같이 읽어 나갔다.
평소에 미술하고 담쌓고 지냈던 나였다. 그런 내가 보기에
도 작가의 영혼까지 갈아 넣은 것 같은 페이지의 두께와 크
기는 압박감을 넘어 미술에 더 멀어지지 않을까 생각했다.

　혼자 읽어야 했다면 당장 접었을 것이다. 그래도 여럿이
읽어 나가며 이야기를 나누니 흥미가 생겼다. 보통씨의 문

장, 생각, 여유롭고 자유로운 지적 욕망이 부럽기도 하면서 읽다 보니 이해되는 기분이었다. 이런 맛이 있어 한국에서 보통씨가 인기가 있나 싶었다.

모임에서 보통씨의 책을 읽는 순간에는 넓어진 사유의 폭으로 내 영혼마저 예술과 철학으로 충만해지는 느낌을 받았다. 하지만 책을 덮고 모임이 끝나는 점심때쯤 "오늘 점심은 뭐 먹어요?" "맛있는 거 먹어요."라는 지극히 평범하고 일상적인 삶으로 되돌아온다. 보통씨가 말하는 예술과 철학도 이렇지 않을까.

우리는 책을 읽고 전시와 영화를 함께 보며 그 기분과 생각을 공유한다. 예술이 우리의 삶으로 들어온다. 우리의 삶이 예술에 다가선다. 일상과 예술의 경계를 조금씩 허무는 작은 구멍은 멀리 있지 않다. 보통씨의 책도 그렇게 내 일상에 들어왔다.

이름의 힘

　　　나는 이름에 관심이 많다. 사람의 이름부터, 사물의 이름, 책 제목 등. 무언가에 이름을 붙이고 말을 건다. 혼자만의 놀이라 생각했다. 가끔 이벤트 행사에서 사은품을 받는 정도의 소소한 기쁨이었다.

　책을 읽으면서 더 많은 이름과 만났다. 픽션과 논픽션의 경계에서 배우고 알아가는 다양한 이름들이 좋았다. 어떤 이름은 진실을 드러내는 장이 될 수 있고, 유머와 위트의 재미를 준다. 내가 책에서 찾은 또 하나의 즐거움이기도 하다.

　변주하는 이름들을 즐기면서도 나는 주변의 환경이 변화되는 것을 좋아하지 않는다. 새로운 장소, 새로운 사람보다는 늘 가는 장소 늘 만나는 사람하고 지낸다. 어떤 이는 그렇게 살면 너무 따분하고 지루한 삶이라 여길지도 모르겠다. 하지만 나도 나만의 방법으로 새로운 세상, 새로운 인물을 만난다.

책 모임도 그렇게 시작했다. 일단은 모임의 성격을 보여주는 얼굴 같은 이름이 필요했다. 운 좋게도 내 의견이 반영된 이름으로 부르게 되었다. 독서 모임의 마중물이 되자는 '마중물 독서회', 우리의 사과나무를 심어보자는 '사과나무', 책 읽는 우리들의 팟캐스트 '책 읽는 사과', 책을 먹고 냠냠 쓰자는 '책 먹는 사과'가 있다. 이름이 주는 소속감의 힘일까. 나는 이 안에서 잘 따라가며 책과 사람을 만난다.

부캐라는 말이 있다. 본래의 자신 말고 새로운 나의 모습이나 캐릭터로 행동하는 것을 가리킨다. 부캐는 자신의 본이름 말고 새로운 이름을 만들어 부른다. 우리 모임도 팟캐스트 방송하면서 부캐를 갖고 닉네임을 지었다. 처음엔 서로가 낯설고 어색했던 이름들이 이제는 익숙하고 편하다. 새로운 이름의 힘으로 잘 순항 중이다.

책을 통해서 세상을 알아갔다. 이제는 책 모임의 사람들과 새로운 세상을 함께 만들어간다. 나는 여전히 다양한 이름을 만들고 부른다. 내 이름 역시 다양하게 불리며 누군가에게 의미가 된다. 의미 있는 이름과 사람이 될 수 있다는 것은 고마운 일이다. 나의 의미를 찾게 해준 책 모임이 내

곁에 있다. 새로운 상상과 호기심으로 책과 사람들을 만나러 간다.

책과의 밀당

나는 사람 사이의 밀당을 잘하지 못한다. 밀당은 어떤 관계에서의 미묘한 심리 싸움으로 밀고 당기는 줄다리기에 비유하여 이르는 말이다. 그런 의미에서 경쟁하며 우위를 다투는 것을 좋아하지 않아 내 사전엔 없는 말이다. 솔직히 관계에서 이기고 지는 것에 관심이 없다.

연애나 직장의 사회생활에서 어느 정도 밀당이 필요하다고, 적절히 잘 이용할 줄도 알아야 한다는 뼈아픈 충고도 많이 들었다. 하지만 몸에 맞지 않는 옷을 입은 듯 나와 밀당은 어울리지 않았다.

그런 내가 책과 곧잘 밀고 당기기 한다. 책과 밀당이라니, 무슨 소리인가 할 테지만 나는 책과 열심히 밀당하는 독서 습관이 있다. 바로, 책을 사놓고 오랜 시간이 지난 후에 읽는 버릇이다.

잡아둔 물고기처럼 책은 나를 쉽게 허락하지 않는다. 나역시 언제든 가까이 볼 수 있다고 생각해 책장에 꽂아두고펼치지 않았다. 독서 편식으로 다양한 독서를 즐기지 못해책과 밀당에서 언제나 지는 게임을 했다.

이런 내가 책 모임을 하게 되면서 달라졌다. 조금씩 책과의 관계에 변화가 생겼다. 밀당에서 종종 이기는 법을 터득했다. 내 책장 한구석에 있던 책들이 빛을 발하기 시작한것이다. 꼭꼭 숨어있던 녀석들을 찾았다.

『서양미술사』, 『이기적 유전자』, 『총균쇠』, 『클래식』, 『세계고전문학』 등 책장에서 뻣뻣하게 자고 있던 책들을 깨우기 시작했다. 책은 펼쳐졌고, 모서리가 닳고, 밑줄이 그어졌다.

책과 밀당에서 이기고 있다. 제대로 밀당하는 맛을 느끼고 있다. 이 모든 게 함께 책을 읽고 이야기 나누는 책 모임이 있기에 가능했다. 어렵고 딱딱한 인문학을 같이 읽는다. 그 힘으로 책도 나도 즐겁게 서로에게 다가간다. 오늘도 책과 밀고 당기는 중이다.

책과 사람

책 모임을 오래 하면서 다양한 책을 만나기도 하고 더불어 사람들도 만난다. 처음 모임을 시작할 때의 풍경은 학년이 바뀌고 새로운 친구들과 선생님을 만나는 개학날의 풍경이라고 할까. 서로 어색한 시선들로 눈도 마주치지 못하고 주변으로만 시선을 돌린다. 그런 낯선 이들과의 대화라니. 첫 만남, 첫 대화는 어른이 되어도 힘들기는 마찬가지였다.

그래도 다행스러운 것은 이 모임의 중심은 책이라는 거다. 책으로 시작하는 대화는 잠깐의 어색함을 이겨내고 자연스럽게 서로의 이야기에 귀를 기울인다. 저마다 책에서 느끼는 감정들을 이어가다 보면 우린 어느새 알고 지냈던 익숙한 오래된 친구가 되어 있었다. 책 모임을 통해 책과 동행하는 친구를 얻게 된 것이다.

책 모임의 가장 중요한 책과 사람에서 처음은 책 때문이었다. 어느 정도 모임에 적응했을 때는 사람이었다. 같이 읽고 이야기 나누는 사람들이 좋아서 즐거웠고, 어느 순간 책이 아닌 사람을 보면서 참여한 적도 많았다.

그리고 책 모임을 십 년 가까이하게 되면서 느끼는 감정들은 조금 복잡해졌다. '호랑이는 죽으면 가죽을 남긴다.'라는 옛말처럼 책 모임의 끝에는 결국 무엇이 남을까. 책일까. 사람일까.

오래된 책 모임은 변화무쌍한 사람의 감정에 기대지 않고 각자가 맡은 책임으로 서로에게 바라지 않는다. 모임이 오래도록 유지될 수 있는 것은 결국 책이 중심이었다. 하지만 오래된 모임의 피로감으로 리플레쉬가 필요할 때는 단기간 진행하는 다른 모임에 참석해 새로운 사람들과 이야기를 나눴다. 오랜만의 긴장감과 낯선 감정의 공유도 좋았다.

잠깐의 여행이 좋은 것은 돌아갈 집이 있기에 더 즐겁고 행복한 게 아닐까. 책 모임 역시 처음의 집 같은 나의 책 모임이 있어 다시 내 자리로 돌아올 수 있었다. 한결같이 그곳에서 자리를 지키며 어떠한 일에도 흔들리지 않는 우리의 책 모임이 든든하고 자랑스러웠다.

결국 나의 타협점은 책 읽는 사람이 되는 것이다. 책이냐 사람이냐 한쪽으로 치우치지 않는 각각의 균형을 갖고 모임에 임하자. 오래된 모임이든, 새로 시작하는 모임이든 책과 사람 그 둘은 함께하는 친구다. 일상의 작은 행복, 힐링, 삶의 활력소로 책 모임을 두드린다.

쓰기의 나날

　　　　에세이는 나를 드러내는 일이라 언제나 피하고 싶은 글쓰기다. 책 모임을 시작하면서 다짐했던 일도 책만 읽자. 책 읽고, 발췌해 메모하고, 이야기 나누는 것, 그 세 가지를 완수하는 것으로 모임에서 할 일은 다 하는 거로 생각했다.

　책을 선정할 때도 나는 소설을 선호했다. 에세이는 이상하게 거부감이 들었다. 소설은 허구와 상상이라는 경계의 선만 잘 지키고 따라가며 된다. 에세이는 나를 침범하고 속을 보이는 느낌이다. 평소 성격과 말주변 없는 나로서 쓰기도 읽기도 힘든 장르였다.

　오래전 잠깐 글쓰기 수업에 참여한 적이 있다. 그때 주로 보고, 쓰고, 말하고, 분석하며, 구성하는 작업이라 많이 지쳐있었다. 드라마와 영화 대본이 재미있어 참여했다가 재능

부족으로 더 이상 쓰기를 안 했다. 좋아하는 영화와 책이 더 이상 재미있지도 즐거운 휴식이 될 수 없었다.

독서 모임을 시작하면서 첫 번째로 읽는 즐거움을 다시 찾고 싶었다. 계속 참여하면서 함께 읽는 재미와 토론이 좋았다. 읽는 맛을 조금씩 되찾았다. 책이 주는 행복을 다시 찾은 느낌이었다. 모임을 계속하면서 소소하게 쓰기의 시간이 주어졌다. 회원들끼리 작게 문집도 내면서 묻어 두었던 나의 글쓰기를 다시 꺼냈다. 다른 사람의 글을 보면서 나도 쓰고 싶다는 이제는 쓸 수 있겠다는 용기가 생겼다.

읽은 책에 관한 이야기부터 조금씩 쓰기 시작했다. 에세이 읽기에 대한 거부감도 줄어들어 천천히 그들이 풀어내는 이야기에 다가가려고 한다. 그래서 자꾸 나를 바라보는 연습을 하는 중이다. 거울도 잘 안 보는 내가 쓰기를 위해 나를 마주 본다. 아직은 어색하고 낯선 내 모습이지만 이 모습도 인정하고 받아들인다.

내 삶의 작은 변화의 시작은 책과 사람들, 쓰기를 통해 발전되었다. 회원들의 "그냥 쓰는 거야!" "좋은데 고고!!"라는 격려와 위로가 힘이 되었다. 칭찬받고 쑥쑥 크는 나무처럼 이렇게 책을 함께 낼 수 있는 용기까지 얻었다. 쓰기의 나날은 이제 시작이다.

우리의 도서관

  가까운 곳에 도서관이 있는 기쁨을 누리고 있다. 내 생활의 활력소, 즐거움의 공간은 도서관이다.

  요즘 도서관이 다양하게 변화하고 있다. 예전에는 학습의 목적으로 도서실 개념의 기능을 많이 했지만, 지금은 책과 사람, 만남의 공간으로 여러 모임을 할 수 있는 곳이 되었다.

  아트 갤러리, 소모임 동아리실, 문화강좌가 열리는 문화교실, 유튜브를 녹화 진행하는 방송실, 팟캐스트 녹음실, 악기연습실 등 다양한 커뮤니티 문화공간이 되었다.

  우리의 만남도 한 달에 두 번 책을 읽고 만나는 도서관 독서회에서 처음 출발하였다. 집에서 혼자 읽고 생각을 정리하다 도서관에 모여 토론으로 마무리했다. 그러다 함께 읽기를 시작으로 도서관에 더 자주 모였다. 집에서 혼자 읽을 때와는 다른 재미와 몰입으로 더 깊이 책 속으로 빠지곤 했다. 도서관이라는 공간이 주는 안정감과 신뢰도 한몫했다.

우리의 시작도 책을 통한 학습이었다. 도서관이 시대와 환경에 따라 변하듯, 우리도 방송, 글쓰기, 책 만들기 등 다양한 활동을 하고 있다.

가끔 도서관이 쉴 때, 카페에서 모임을 이어간다. 색다른 공간이 주는 재미도 있지만, 난 역시 도서관에서 하는 책 모임이 제일 좋다. 우리의 도서관에서 만나요.

새로운 한 걸음

스마트한 시대에 전혀 스마트하지 않은 모임을 꼽자면 책 모임일 것이다. 이미 전자책, 오디오북이라는 디지털 매체가 종이책을 대신하며 자리를 잡기 시작했다. 그런데도 종이책이라는 단어가 주는 아날로그 감성으로 우리는 모여서 함께 읽고 있다.

10년 전, 도서관에서 처음 시작한 모임은 당연히 얼굴을 마주 보고 눈을 맞추는 열정 가득한 토론이었다. 손에 잡히는 책을 들고 만나 이야기 나누는 게 당연한 일이었다. 시간이 흐르면서 책을 통한 재미와 감동을 더 많은 사람과 공유했으면 좋겠다고 생각했다.

그렇게 시작한 독서 팟캐스트 '책 읽는 사과'는 우리를 스마트 시대의 스마트한 책 모임으로 한 걸음 나아가게 해주었다. 아날로그 책 모임이라 처음엔 낯선 디지털 기기 사용으로 헤매고, 실수투성이였다. 독학으로 녹음과 편집기를 다루며 하나하나 연습하고 서로가 할 수 있는 일에 최선을 다했다. 처음으로 녹음한 편집본이 흘러나오는 순간 다들 쑥스럽고 어색했다. 그래도 우리가 직접 제작했다는 자신감과 뿌듯함으로 계속 만들어갔다.

코로나19로 인해 도서관 동아리실을 이용할 수 없었다. 오프라인 모임이 힘들어지자. 그동안 함께 읽었던 힘으로 우리는 빠르게 온라인으로 전환해 모임을 이어갔다. 온라인으로 각자의 공간에서 화면을 보고 이야기했다. 오프라인에서 했던 그대로 책을 읽어 나가니 오히려 서로의 목소리에 더 집중하며 코로나라는 힘든 시기도 잘 버티고 이겨낼 수 있었다.

어쩌면 스마트 시대에 가장 필요한 건 인문학의 힘이 아닐까. 인문학적 사고와 사람의 관계에서 우리가 함께했던 책과 시간의 힘으로 새로운 미래를 향해 조금씩 나아갈 수 있는 용기를 얻었다. 우리의 책 모임은 그 힘을 잘 안다. 아날로그 방식이든 디지털 방식이든 우리는 책과 함께한다. 여전히 책과 사람으로 새로운 세상도 이어간다. 온택트시대 우리는 또 한 걸음 나아간다.